Historias de traición y máqu...

Primera entrega

Javier M. Galiano

Agradecimientos

Valgan estas líneas para agradecer el riesgo que asumieron Eduardo, Ricardo y Sol cuando aceptaron leer los primeros bocetos de lo aquí presentado, sin saber lo que se les venía encima. Agradezco asimismo a Luis y Asdrúbal, mis caballeros literarios del karma, que han hecho que todo funcione correctamente para llegar al final de esta creación. Y, por supuesto, a Cristina, que no solo edita mi obra sino cada día de mi vida.

Índice

1. Sir Frederick

Día 1

¡Qué gran idea tuvo Lorelei!, mi consejera en Capricorn Technologies. Después de treinta años dedicados en cuerpo y alma a la empresa, sin vacaciones algunas, Lorelei me sugirió alquilar una isla desierta durante una semana. En concreto, un lugar perdido entre el archipiélago del Territorio Británico del Océano Índico y las Seychelles. Estaba tan absorto en mi trabajo, que no podía ver lo verdaderamente que me hacía falta algo así. Qué manera tan original de celebrar el año nuevo de 1970.

La lancha motora ya me está llevando al sitio exacto que necesito: aislamiento, naturaleza, recogimiento... El frescor de las gotas del océano sobre mi rostro me hace sentir como un chaval a mis, reconozco que mal llevados, cincuenta y ocho años. Todo gran hombre de negocios debe ser rescatado de un exceso de trabajo, en particular cuando ha fundado su propio emporio, y agradecer que miren por él. Los delfines emergen ocasionalmente y se cruzan delante de la lancha dibujando una simpática coreografía. Hace un par de minutos vimos una tortuga. Se comportan como seres curiosos que quieren conocer a su nuevo vecino. Es realmente emocionante. Soy ahora consciente de todo lo que me he estado perdiendo durante estas tres últimas décadas. ¡Quién me lo iba a decir a mí! Codo con codo con ejecutivos y analistas en un universo de negociaciones, presupuestos, trajes, corbatas, camisas con gemelos, vorágines de información y formalidades..., llevando los televisores con las noticias del mundo a todos los hogares británicos para democratizar el acceso a la información. No he podido ni siquiera conocer lo suficiente a ninguna mujer con quien casarme, así que nadie me espera en casa. Durante una semana seré absolutamente libre.

Otros europeos con economías solventes han descubierto los archipiélagos del Índico para sus prefabricadas vacaciones, pero mi aventura va más allá del lujo. Una semana yo solo en un islote. Una experiencia personal. Un milagro al alcance de muy pocos dada la reguladísima legislación de estos países cuasi acuáticos sobre los que los británicos aún mantenemos una gran influencia. Ha sido un gasto considerable.

Solo hay dos personas más en la lancha. Se trata de dos aborígenes de piel casi negra, pequeños y de piernas increíblemente delgadas. No les sobra ni un gramo. Parecen casi niños, pero se trata más bien de una adaptación anatómica a este rincón del mundo. Sus ancestros han vivido de lo que daba este mar tropical durante cientos de generaciones. Son extremadamente amables. No paran de sonreír. Hacen que me sienta a gusto.

Vamos directos hacia un pequeño punto en el horizonte que debe de ser mi islote. El conductor me señala con el dedo y dice algo ininteligible, lo que tomo como una confirmación de mis sospechas. Siento una extraña sensación de familiaridad innata con ese lugar, como cuando se acaba de conocer a alguien con quien se tendrá una intensa relación. No puedo dejar de mirar a ese minúsculo fragmento de tierra mientras nos acercamos. Hay algo magnético en él. Vuelvo al presente cuando noto que la lancha está reduciendo la velocidad. Recorremos las últimas cincuenta yardas más despacio. Ya hemos llegado.

Ni siquiera hay un embarcadero ni nada parecido. Tengo que saltar al agua con ellos. No me produce ningún shock. El agua está templada. Solo cubre por la cintura y debo, en cualquier caso, habituarme a ir mojado todo el día. El sitio ha sido preparado para mi estancia. Miro lo que hará las veces de mi lugar de descanso: una pequeña cabaña de madera de unos ochenta pies cuadrados con apenas una mesilla y algo parecido a una cama hecha con paja. Es muy rústica, en comparación con mi mansión en el barrio de Chelsea, pero esa es precisamente la idea. Cerca de la cabaña hay una caseta con suministros y medicamentos para las dolencias más comunes. No es época de lluvias, así que no hará falta nada más. El islote ha sido fumigado para que no tenga problemas con los mosquitos, que intuyo deben de abundar por estas latitudes.

A la derecha de la cabaña veo el generador portátil que completa mis dominios, con su pequeño depósito de gasóleo. Gracias a él tendré luz por la noche y un frigorífico para las bebidas. Todo lo que necesito: cervezas, limas, sodas para el ron. ¡Ah, claro, casi se me olvida! En la cabaña encuentro el botón de pánico. Un artilugio que desarrollamos en Capricorn para exploradores, por si ocurriera alguna contrariedad. Apretarlo emitiría una señal de socorro por ondas de radio, que me pondría en contacto con las autoridades locales contratadas por Lorelei. Tampoco hay por qué suicidarse.

Una vez comprobado todo, me despido de los aborígenes. Han estado acompañándome en la evaluación del lugar y entienden que doy el visto bueno. Se suben a la lancha y se giran para saludarme sonriendo sin límite con sus inmaculadas dentaduras. Les respondo. Al poco tiempo ya no se les ve. Enseguida entro en otra fase. Soy consciente de que estoy solo. Me sorprende súbitamente el volumen del sonido del oleaje y del movimiento de las palmeras por el viento. Es un mundo nuevo con unos sonidos nuevos y una luz nueva, chocante para un urbanita extremo como yo. Ordeno mis cosas en la cabaña mientras la noche llega sin apenas avisar. Es una noche absoluta. Ignoraba que tal oscuridad fuera posible. Pongo en marcha el generador y enciendo las luces. Ceno unas judías rojas en conserva y una lata de piña en almíbar de postre. Pronto apago la iluminación artificial y me tumbo en la arena de la playa mirando al cielo. La temperatura es estupenda. El firmamento se ve nítido, como si no hubiera nada entre la isla y el universo. Ya no me parece tan oscuro. Noto que la desproporción de todos los excesos laborales crónicos que he cometido empieza a difuminarse y que, por cierto, le debo mucho descanso a mi cuerpo. Este es el momento de devolvérselo. Caigo infinitamente dormido en la propia playa.

Día 2

Me despierto. Deben de haber pasado bastantes horas. Suenan extraños graznidos de aves sobre el sonido de fondo del oleaje. Está amaneciendo. Me preparo un café e intento no sentirme mal por ello, considerando que nuestra querida Ceylan, la meca del té para los ingleses, se encuentra a no demasiado tiempo en avión. Miro a mi alrededor y todo es idílico. Dejé Londres nevando y aquí estoy yo, en el trópico en pantalón corto. Mando saludos mentales a mis queridos compatriotas sin poder evitar esbozar una media sonrisa. Doy un largo paseo para explorar los límites de la pequeña isla y a continuación me preparo un batido de chocolate. Un tenue escozor en mis hombros me indica que es el momento de ponerme protector solar. Hay un envase en la cabaña y será suficiente para estos días.

Durante las siguientes horas me voy tomando alguna que otra cerveza fría. Cantidades no muy grandes cada vez. No quiero emborracharme, solo relajarme. La cerveza sabe aún mejor que en Morthens, el pub al que vamos siempre a celebrar cuando conseguimos buenos resultados. Aquel es un buen ambiente, pero un refrigerio viendo este horizonte es impagable. Qué pena que tenga que esperar aún unos días para poder contárselo a los miembros de la administración de la empresa. Mientras degusto el amargor de la cerveza sentado en la arena, pienso en lo afortunado que he sido en mi vida. A mi manera. Ya sé que he dedicado mucho tiempo a lo mío, pero reconozco que me ha ido bien.

Aprovecho para leer el único libro que me he traído: «El retrato de Dorian Grey». Tantos años en mi mesilla de noche esperando poder leerlo y siempre demasiado cansado como para comenzar. Por fin lo he abierto y puedo ver el aspecto de la primera página. He tenido que irme a cinco mil millas de Londres para poder hacerlo.

Da gusto estar en la naturaleza. En la caseta de suministros me han dejado latas de carne de cerdo con gelatina, ternera con mantequilla y cordero con menta. Todo eso que los europeos mediterráneos insisten en decirnos a los ingleses que es tan horrible. No será tan malo cuando nadie ha ganado tantas guerras modernas, ni mantenido el imperio tanto tiempo como nosotros. Me comeré todo, además, con unos exclusivos cubiertos de plata que insistí en traer. Más tarde sacaré fruta del frigorífico: melón, sandía, ciruelas… y me prepararé un mojito como colofón.

Me río para mis adentros. Tengo mi propio edén personal. Ahora entiendo por qué Lorelei insistió en que no hacía falta que hiciera ningún cursillo de supervivencia. Disfruto del aislamiento y lo hago viviendo a cuerpo de rey. Lo mejor de Oriente y Occidente en mis manos. No sé por qué tuve esa sensación de lugar enigmático cuando nos acercábamos a este sitio en la lancha.

Voy leyendo el libro. Me hacen gracia las vidas vacuas de sus petulantes personajes, tan lejos de cualquier valor del que estar orgulloso. Son mi antítesis. Por contraste, me hace apreciar aún más lo que he conseguido en mi carrera y el tipo de persona que he conseguido hacer de mí.

El movimiento del mar va bajando en volumen dentro de mi cerebro. Se automatiza y confunde como el constante ritmo de un reloj de olas que viene y va. Lo siento como la inspiración y expiración del océano que me envuelve, del que yo apenas soy una célula.

Día 7

Los días han ido pasando relajadamente. Casi no quedan suministros y el gasóleo del generador está prácticamente acabado. Todas las cantidades estaban perfectamente calculadas para la duración de mi estancia. Parece mentira que ya sea el último día. Incluso se me ha hecho corto. Pero no ha estado nada mal y, desde luego, mi retiro ha cumplido su función. Mañana por la mañana llegará una lancha para recogerme. Pienso en que lo primero que haré cuando regrese a Londres será regalarle una gargantilla de diamantes a Lorelei. Se lo ha ganado. Soy un hombre nuevo, mucho más feliz y descansado. Pero, qué demonios, soy Frederick Walcott, Presidente de Capricorn y sir, nombrado por la mismísima Reina Isabel II de Inglaterra por mi contribución al progreso de la nación. Yo ayudé a subir el ánimo británico después de las grandes guerras, junto a la BBC. Nuestros compatriotas podrían entretenerse con amenos contenidos televisivos en lugar de recordar tanta muerte y miseria. Y me esperan para que siga haciendo esa función, ¡y eso haré! Grito todo esto al aire, sabiendo que no tendré otras oportunidades como esta para dar rienda suelta a mi ego. Me enfrento al insondable océano. Mirando al sur, nada me separa de la Antártida excepto agua.

Día 8

Ya he recogido todo. Espero mientras mantengo la compostura como buen inglés. De un momento a otro aparecerán. Sin embargo, pasan las horas y parece que no viene nadie. Debe de haber ocurrido algo, quizá alguna tormenta o algún problema burocrático. No estoy nervioso, pero es inevitable darle vueltas al asunto. Bueno, forma parte de la experiencia. Vendrán mañana. No hay por qué preocuparse.

Día 9

He dormido bien, dadas las circunstancias. Pero hoy tampoco llega nadie. Me duelen los ojos de mirar al horizonte. Solo veo el infinito doble azul de mar y cielo, junto al eterno doble sonido de oleaje y pájaros. Todo en disco rayado. Únicamente el movimiento del sol y el cambio de dirección de las sombras de las palmeras me indican que el tiempo pasa.

Día 10

Las cosas van a peor. Caigo en la cuenta de que el islote había sido fumigado exclusivamente para mi semana de permanencia y ya han pasado diez días. Sufro las primeras picaduras serias de mosquitos. Llegaron anoche en masa a mi cabaña junto a unas enormes avispas que me observan, todavía sin picarme, pero ya mirándome con apetito y especulando con hacerlo. También van llegando algas flotando que se acumulan en la arena, dándole a la playa un cierto aspecto de vertedero natural. Ahora comprendo que el excelente aspecto acogedor del islote del primer día era ficticio. El paraíso empieza a sacar las garras.

Pasa otro día y me parece que esto ya no tiene gracia. No se puede dejar a alguien tan importante como yo en un lugar perdido tantos días. Tienen que venir a recogerme. Incluso hay un contrato firmado. Tienen que hacerlo por ley.

No quiero preocupar a Lorelei más de la cuenta, pero empiezo a considerar el uso del botón de pánico. Lo miro. Lo tomo en mis manos. Se trata de una caja metálica cúbica con un llamativo interruptor en la parte superior. Arriba se puede leer la inscripción «SOS» y debajo está el logotipo de Capricorn. Poso el dedo sobre el interruptor. Sólo tengo que apretar un poco más. Se me pasa por la mente lo problemática que se está volviendo la situación y lo presiono. Ya está hecho. El piloto rojo del utensilio se ha encendido indicando que el aviso se ha enviado con éxito. ¡Gracias a Dios que ha funcionado! Con la electrónica y toda esta humedad nunca se sabe.

Pasa el tiempo y sigue sin ocurrir nada. No han venido. Lo usaré otra vez. ¡Maldita sea, no viene nadie! ¿Se habrán confundido de islote?

Decido abrir la caja del aparato por si hay algún cable suelto y veo que, aparte de la conexión entre el botón y el piloto rojo, solo hay lana metálica para hacer peso. ¡No hay nada dentro de mi patente de envío de emergencia! Han saboteado el avisador. Me quedo en shock. Me derrumbo golpeado por una soledad ciclópea. Escucho un silencio humano aterrador. Pierdo el control de la situación. Estoy realmente solo. Existencialmente solo. Sin paliativos. Nadie. Me quedo tumbado en la arena en posición fetal cubriéndome la cabeza con las manos.

Día 11

Me digo a mí mismo: —Fred, no van a venir—, porque, al fin, lo veo todo. Me han dejado aquí para quedarse con mi empresa. Ignoro los detalles, pero seguro que lo han diseñado todo de un modo preciso. ¡Si sabré yo de su eficacia logística! No sé cuánta gente, aparte de Lorelei, sabe que estoy aquí pero no deben de ser muchos. Cuanto más limpio lo hayan hecho, más posibilidades de éxito tendrán.

Recapitulo los flecos de la situación. Lo más cercano es la isla de Coëtivy, que está a más de ochenta millas. Aunque haga un fuego, es imposible que vean el humo. Tampoco puedo esperar que pasen pescadores. No estamos en ninguna zona privilegiada de pesca y hay peces suficientes en miles de millas cuadradas como para que tengan que venir por aquí. Este es el último punto dentro del último lugar del mundo y ese era precisamente su atractivo: un sitio apartado de rutas comerciales, de la pesca y del turismo. «Único para la introspección y el retiro», me acentuaba Lorelei. En su momento desconocía que no me estaba describiendo un lugar de ensueño sino mi propio ataúd.

Soy un hombre absolutamente occidental que no sabe pescar, que no tiene repelentes para los mosquitos, que no puede hacer fuego… sin electricidad, un inadaptado al mundo natural que, tarde o temprano, ya está muerto. Y si no lo hace antes mi cuerpo físico, lo hará mi cordura.

No deja de sorprenderme esta estrategia de Lorelei y sus aliados para librarse de mí. Dejarme morir de hambre y a manos de mosquitos y predadores, en lugar de un asesinato rápido y sin dolor, raya en el sadismo. Ya no es una cuestión práctica de quitarme de en medio sino algo intrínseco al puro odio. No recuerdo haberle dado ningún motivo excepto estar por encima de ella en la empresa, lo que es lógico ya que soy el fundador y propietario.

Pero el tiempo continúa actuando como un rodillo, inmune a las circunstancias de cada uno. Las primeras horas de la situación dan paso a los primeros días. Las sensaciones se van substituyendo. Soy una montaña rusa interna. Paso del pánico al malestar físico, luego a la pena y esta pasa a la sed de venganza. Incluso llego a sentir fatiga por pensar ininterrumpidamente en el tema. Experimento el aburrimiento y, finalmente, surge en mí el fin último de la esencia humana: sobrevivir... como sea. Llego a este campamento base emocional que la evolución perfiló en nosotros durante milenios en la sabana africana para convertirnos en una de las especies más resistentes ante cualquier dificultad. Nuestra capacidad de aguante es nuestro activo más probado y seguro, por mucho que después llegaran periodos más tecnológicos. Lo he visto cientos de veces en los documentales de la BBC y estoy dispuesto a comprobarlo.

Día 23

No soy un Robinson Crusoe porque no soy un náufrago sino la víctima de un intento de asesinato. En su momento decidiré si soy un conde de Montecristo, y vengarme de mis traidores o no hacerlo. Pero ahora no puedo desgastarme con odios improductivos sino concentrar todo mi ser en el día a día, en luchar para estar vivo a la hora siguiente. Debo ser ordenado, obtener patrones en los que apoyarme, conjugar mi yo ancestral, que súbitamente se ha tornado más útil que nunca, con mi analítica mente occidental.

He empezado a vivir en sintonía con los ritmos de la luz. Ya tengo una rutina diaria diseñada. Me levanto, me aseo, desayuno y me pongo a trabajar. Me impregno con unas hierbas aromáticas que encontré a los pocos días de estar aquí para prevenir las picaduras de insectos. Recojo los restos de algas en la playa y toda la inmundicia que llega no apta para el consumo: trozos de coral, pescados y moluscos muertos. Mis automatismos incluyen arreglar los desperfectos de la cabaña. Renuevo el barro de las paredes para que sea lo más protectora posible y elimino la vegetación de alrededor, para mantener lejos a reptiles y arañas. Si he de vivir como un Diógenes oceánico que sea en un ambiente limpio que me recuerde que sigo siendo yo.

Me sorprendió desde el principio que las palmeras de la isla no tuvieran cocos. Luego observé los cortes limpios en las ramas y entendí que Lorelei se había ocupado de que no pudiera consumirlos. Pero da igual. Recolecto frutos de otras plantas que contienen reservas de agua dulce. Pongo trampas en los agujeros donde se encuentran los cangrejos, usando las redes de las fundas de las cervezas, que dejaron de ser un mero ornamento. He encontrado unos arbustos que dan un pequeño fruto muy carnoso que asumo que es rico en hidratos de carbono. He descubierto unos peces fáciles de pescar por el sistema del oso. No son muy grandes, pero puedo asegurarme unos quince o veinte en un rato para mi consumo diario. Considerando los cangrejos, y otros crustáceos que también capturo, no debo de andar mal de proteínas y minerales. Para mí todo es desconocido, así que consumo pequeños trozos de todo lo que obtengo y espero a ver cómo me sienta. Si algo huele raro o sabe amargo, lo escupo como ha hecho siempre la humanidad. Los sentidos del olfato y el gusto actúan como controles de calidad en esta mi nueva empresa: yo, Fred Walcott, Sociedad Limitada.

Incluso almaceno provisiones en una pequeña despensa. Me felicito a mí mismo. He conseguido algo de sal evaporando agua marina en los recipientes de lo que iba a ser la basura de mis siete días de turismo. Pasaron de ser productos industriales a material de supervivencia. Debe de haber algo más de un 3% en sal respecto al peso del agua, como me dijeron en el colegio. Deseco el pescado y lo salo ligeramente. No es un plato gourmet, pero mata el hambre estupendamente por si algún día no pudiera obtener víveres. Esto me da una cierta tranquilidad. Corto y manipulo las provisiones con mis utensilios de alta cubertería. ¡Qué irónico! Confeccionados para el más estricto protocolo de la nobleza británica y ahora usados para la más extrema supervivencia. Pensaba que la arena y los caparazones los rayarían, pero no, siguen estando impolutos y siendo más útiles que nunca.

Solo hay una cosa que no como, aunque me resultaría muy fácil pescar: rayas. Siempre que ando por la playa, una pequeña raya se sitúa nadando junto a mí. Incluso los días que tengo más hambre de proteínas, mi hambre de compañía es aún mayor. Por eso he decidido no sacrificar a mi compañera. Sé que la probabilidad de que sea siempre el mismo ejemplar es muy baja y tampoco estoy seguro de que me acompañe, o simplemente avancemos a la misma velocidad sin molestarnos. Sin embargo, he decidido pensar que me visita intencionadamente. Estoy seguro de que nadie me entendería, pero quiero tener una vida normal y eso conlleva salir a pasear con una mascota. Por la tarde me divierto jugando con los cangrejos ermitaños y, cuando me apetece nadar en el mar, con las tortugas. Utilizo la máscara y el tubo de bucear que encontré en la cabaña, que siguen funcionando.

Soy inglés de pura cepa y debo protegerme del sol por mi enraizada herencia genética celta, adaptada durante cientos de generaciones a la penumbra del Atlántico Norte. Intento mantenerme a la sombra durante las horas de más sol, aunque poco a poco me voy habituando al ambiente. La naturaleza y yo nos aportamos mutuamente. Empiezo a formar parte de esto. De hecho, ¡me encuentro sorprendentemente bien! Además de mis tareas básicas, practico la gimnasia que aprendí en el ejército inglés durante la instrucción para la Segunda Guerra Mundial, más allá de que luego me destinaran a desarrollo tecnológico y no llegara a pisar el frente. Incluso he perdido ese aspecto fofo que dicen que tenemos los ingleses. ¡Qué diferencia con las interminables noches en los cuarteles generales de Capicorn a las afueras de Londres!, atiborrado a tazas de café y bollería. Prácticamente toda mi vida adulta está enterrada en esas oficinas. Yo, que he llevado el progreso audiovisual moderno a los hogares británicos, me he reconvertido en un humano como los de hace veinte milenios para sobrevivir.

Y al final del día… ¡Dios mío! ese anochecer ofreciendo el último cielo violeta de la tarde casi justifica mi estancia aquí por muy penosas que sean mis circunstancias. Finalmente, me acuesto con el sol, tras mi gran momento de recogimiento. Dejo encargado a los gigantescos murciélagos, geckos y camaleones, la tarea de eliminar insectos. Mi sueño es profundo como nunca lo había sido.

Calculo que el islote tiene una superficie de unos 2 acres. Conozco cada árbol, cada arbusto, cada mata... cada charca que se forma cuando llueve. Voy andando tranquilamente por lo que ya es mi reino.

Pero ¡ay!, noto un tremendo escozor en el pie. Miro y veo que un trozo de coral me ha producido un enorme corte en el pie. Debe de haber sido arrastrado a la playa por el oleaje de esta noche. No le doy importancia y sigo con mi rutina. Molesta, pero puedo aguantarlo. El día acaba como cualquier otro. Me despierto cansado, pero sigo haciendo mi vida normal excepto apoyar el pie del todo, lo que me sigue molestando. Duermo una pequeña siesta después de comer, y es al despertarme cuando me doy cuenta de que la herida cada vez tiene peor aspecto. Se está infectando. Tiene un gran círculo rojo alrededor y sale un líquido blanco si aprieto. Voy a ver los medicamentos de la caseta, pero las cajas de antibióticos están vacías, como era de esperar. Decido seguir descansando como única terapia disponible. No paro de dar vueltas en la cama toda la noche.

Ya es por la mañana. Al estar agobiado por las molestias, olvidé embadurnarme la noche anterior con mis hierbas protectoras y estoy lleno de picaduras. He contado más de cincuenta en las piernas. Tres de ellas son enormes y sospecho que han sido obra de las avispas, envalentonadas al ver débil a su presa. Siento que el veneno se está acumulando en mi cuerpo. Hace mucho que no bebo agua. Me siento mareado. Mi visión es borrosa. Mi boca está totalmente seca. He sido un ingenuo al pensar que ya había controlado mi situación en la isla. El descuido es de lo que se nutre la mala suerte. En la naturaleza no hay días libres, y temo que esta lección haya llegado demasiado tarde para mí. Mi estado físico es lamentable y empieza también a serlo mi estado moral. Noto que Lorelei está más cerca de su objetivo.

Respiro profundamente y decido que no puedo dejar que ella me gane. Al menos no tan fácilmente. Me arrastro hasta los arbustos de bayas que almacenan agua dulce y me obligo a tomar algunas de ellas. Me aplico mi repelente natural de mosquitos. Me duele todo el cuerpo, pero me obligo a erguirme y caminar por el agua. Voy tambaleándome. La sal entra en la herida. Ingiero algo de mi pescado seco almacenado y vuelvo a acostarme. Ahora toca esperar a que mi cuerpo acabe el trabajo. Sé que he hecho lo correcto. He luchado por mi vida.

Me despierto varias horas después. Tengo ganas de vomitar, la cabeza va a estallarme, pero me siento más hidratado. El círculo rojo de la herida va remitiendo. Algo ha funcionado. Ahora sé que la isla no me perdonará una segunda distracción. No hay mejor tatuador que un error grave, pues no pretende marcar la dermis sino el instinto.

Al día siguiente cae un denso aguacero que me regenera, como si mi recuperación fuera celebrada por el cielo. Mi microscópico islote está vendido a los caprichos pluviales del océano Índico, como un juguete en manos de un gigante. Pero la lluvia es lluvia en todas partes. Cierro los ojos y rememoro la húmeda Inglaterra como si estuviera en ella. Puedo escuchar el «Dios salve a la reina». Puedo ver a la gente del campo trabajando bajo la llovizna en la campiña británica, los partidos de rugby disputados de poder a poder por jugadores empapados, los londinenses saliendo del metro y yendo a trabajar con el paraguas… Me niego a pensar que puedo haber experimentado esto por última vez. Quiero seguir estando vivo.

Día 43

Vuelvo a mi rutina, pero mi percepción ha cambiado a raíz de la herida del incidente con el trozo de coral. La naturaleza manda. Los días parecen iguales, pero no lo son. Cada detalle cuenta. Optimizo tanto mi percepción que empiezo a notar algo inusual. Algo verdaderamente extraño. Diría que es una especie de presencia sutil. Más que algo visible autóctono, siento que está de algún modo conectado a mi vida pasada en Inglaterra. Sin embargo, no puedo distinguir si se trata de algo real o de una necesidad de interaccionar con otros seres humanos.

Hoy la presencia es más fuerte. ¡Cielos, he visto algo! Ahora estoy seguro de que hay alguien en la isla y además juraría, si es que el ácido úrico de los crustáceos no ha invadido mi cerebro, que es alguien trajeado. ¿Pero en pleno Índico? ¡Eso es ridículo! Recorro varias veces la isla, pero sea quien sea ha desaparecido. No hay nadie. Es inútil que siga buscando.

He dormido a intervalos, y eso gracias a la dureza de mi vida en la isla que hace que caiga rendido apenas anochece. Me levanto al amanecer. Examino cada palmera, cada arbusto, cada roca. Miro por delante y por detrás de todo, buscando al supuesto extraño. Ni rastro. No pasa nada relevante en todo el día. Pero las sensaciones vuelven a última hora, como si el anochecer proporcionara el caldo de cultivo que atrae a esa nueva dimensión alternativa. Vuelvo a notar la presencia. Hoy es especialmente fuerte. Mi corazón se va a salir del pecho. Algo está a punto de ocurrir. Hasta que por fin oigo una voz a mi espalda.

—No busques más, Fred. Estoy aquí.

Me doy la vuelta y, a la izquierda, le veo. ¡Es Tim Preston! Dejo de mirarle por un momento, porque es algo que simplemente no puede estar ocurriendo. Vuelvo a darme la vuelta y vuelvo a verle, aunque no puedo asegurar que esté físicamente. No puede estarlo. Tim murió hace 15 años. Estoy aterrorizado. Este hecho viola mi concepto de la realidad. Y sin un orden mental básico de cómo funciona la existencia, no tenemos nada. Ni aquí ni en ningún sitio.

No sé cómo, Tim, o lo que sea esta presencia, ha llegado hasta aquí. Pero sí sé el asunto con el que está conectado.

—Déjame en paz, Tim. Yo no tuve nada que ver en que renunciaras a seguir en la compañía.

—Sé que no fue nada personal, Fred. Pero es obvio que me coaccionaste a salir.

Sin duda es él. Es una voz lejana. Sin vibración, pero llena de peso. Una voz que sigue explicándose.

—No te atreviste a mantener mi sueldo una vez que empezaste a situarte fuertemente en el mercado. Aunque no creo que quisieras que me ocurriera nada malo. En ese momento te odié, pero la muerte te hace comprender todo mucho mejor.

—Naturalmente que no. Me caías muy bien pero no tuve elección.

—Sí la tuviste. Me substituiste por ese departamento de chupatintas colocado por tu consejo de administración. Podías haberme impuesto. Era tu compañía. Yo te hice todo el estudio inicial de mercado, las predicciones, la progresión, los pasos de la competencia... Triunfaste por esa información, no porque tus televisores fueran mejores que los de ellos.

—Sí, pero te pagué por ello.

—Una cantidad ridícula. Economizaste gastos conmigo. Yo tendría que haber permanecido en la empresa y haberme convertido en socio.

Tim tiene apariencia joven, tal y como cuando le conocí, pero algo en él le hace viejo. El tiempo también ha pasado por él. Algún tipo de tiempo.

—Tim, lo que sí te aseguro es que yo no tuve nada que ver con tu muerte. Aquella maldita cirrosis.

—No directamente porque no eres un asesino. Pero si mi contribución a la empresa hubiera sido reconocida, no hubiera necesitado desahogarme con el alcohol o posiblemente hubiera tenido acceso a un mejor tratamiento. Quién sabe.

—Es posible, pero ya es un poco tarde para que pueda ayudarte. Deberías haberlo dicho en vida.

—Sentiste mi fallecimiento, pero no tanto como mi mujer y mi hija. Cuando caí enfermo ni siquiera viniste a visitarme al hospital. Cuando fallecí, ni siquiera te ocupaste de ellas. Eso le dolió mucho a mi familia. ¿Sabes lo buena que es mi hija Fiona en matemáticas? Ha salido a mí. Lo justo hubiera sido que Fiona pudiera empezar su carrera de ingeniería ahora que tiene dieciocho años. Era como si mi vida no hubiera servido para nada. Ni reconocimiento a mi trabajo ni seguridad para mi familia. Es demasiada derrota.

—Lo siento mucho, Tim, si pudiera volver atrás en el tiempo, todo sería distinto, pero no puedo.

—La reina te concedió el título de sir a ti, pero formábamos un equipo, Fred. Y tú te lo quedaste todo.

—Te puedes quedar el título. Lo mereces tú más que yo. —En este punto me siento muy afectado.

—Freeed... —dice Tim en tono conciliador—. Donde estoy ahora no me hace falta ningún título. Esas son cosas de la vida terrenal —dice sonriendo.

Mi mente sigue batallando entre creer lo que ven mis ojos o aplicar la lógica de que esto es solo un recuerdo oculto en mi memoria que no había tenido tiempo para mostrarse por el ajetreo de mi vida diaria. Intento bajar pulsaciones tanto como puedo para evitar el colapso. No sé el estado de mi corazón, pero no debe de ser muy bueno, al no haber hecho ejercicio en décadas.

Reparo en que Tim va vestido como cuando venía a la empresa. La imagen parece efectivamente un vestigio de mi memoria.

—Tim, veo que sigues llevando esa misma corbata de gaviotas fucsia, tu preferida.

—Soy lo que soy, Fred. Ni la modificación de estado que supone la muerte puede cambiar la esencia.

—Es como en los viejos tiempos, señor Fucsia. Así era como te llamábamos.

—Nunca me disgustó ese mote. Pero Fred —me dedica una mirada de apoyo—, veo que estás en apuros.

—Ya ves, Tim, el mundo de los vivos tampoco es el edén.

Mi último comentario le ha hecho sonreír. El tono de la conversación está cambiando. Incluso en su forma de aparición, Tim está volviendo a mostrar su extraordinario y afable carácter. Es como cuando éramos los dos jóvenes y queríamos comernos el mundo. Solamente por eso debí haberle mantenido cerca de mí. Me arrepiento profundamente de haberle perdido de vista, pero, por desgracia, la sabiduría adquirida con la edad no sirve para cambiar nefastas decisiones del pasado. Le pregunto acerca de una sospecha que llevo un rato madurando.

—¿Fred, tienes algo que ver con mi destierro aquí?

—Absolutamente nada. Tranquilo, no me manda Lorelei. No tiene influencias en tantos círculos como para llegar a mí —vuelve a sonreír—. Pero hasta los muertos tenemos que aprovechar las oportunidades que nos ofrece el devenir de la existencia. Hasta ahora no habíamos podido conectar. Nunca te encontrabas en el «estado adecuado».

Tim desaparece un instante y reaparece por otro lado. Sus movimientos no siguen las leyes conocidas de la física. Desde luego, yo nunca habría sido tan receptivo a este tipo de mensajes como lo soy desde mi adaptación al islote. Tim es convincente con su argumento de que últimamente se han dado una serie de circunstancias únicas que propiciaban su visita.

—¡Cuántas vueltas da la vida! Veo que ahora eres tú el fastidiado por otras personas.

—No lo compares. Esto no es una decisión logística sino un asesinato a fuego lento.

—Desde luego que no lo comparo. Puede que no seas un santo, pero tampoco te mereces esto. Además, tienes cosas que hacer.

—Claro, tengo que dirigir un negocio.

—No me refería a eso. Siempre estás tan orientado a los beneficios empresariales que no puedes ver ninguna otra cosa.

—¿Qué es lo que no veo?

—Fred, te perdono. Bastante tienes con lo tuyo. Solo piensa en lo que hemos hablado. Recuérdalo.

—Tim, ¡no te vayas! Explícame todo mejor.

Pero el eco de estas últimas palabras se pierde en el vacío de la soledad oceánica. La versión de Tim que me ha visitado ha desaparecido del todo. Vuelvo a estar solo. Sospecho que he estado solo todo el tiempo, gritando frases al aire completamente ignoradas por el resto de seres vivos que me rodean ocupados con sus básicos quehaceres. Pero no, ya nada es igual. No puede serlo. Ha sido demasiado real. Todo tenía demasiada lógica. La idea de hacer justicia con Tim debe de haber estado carcomiendo mi subconsciente todo este tiempo como algo que tenía que haber hecho y no hice.

Día 48

Voy asimilando lentamente el encuentro. Un poco cada día, para que ordenadamente vaya formando parte de mi estructura mental. La experiencia me ha llevado a filosofar sobre la frontera entre la percepción del más allá y la locura, dos mundos demasiado cercanos. Por un lado, el más allá, esa relación no resuelta que existe entre lo humano y la eternidad. Por otro, la locura, el abismo al que hay que acercarse para asimilar aquello para lo que no estamos preparados: el fin de nuestra propia existencia. Al menos eso es lo que dicen los hechos. Como buen anglosajón, yo siempre había confiado en la ciencia. Newton, Darwin, Hooke…, nuestros padres fundadores del conocimiento. Nadie jamás regresó de la muerte y pudo demostrarlo. Todo lo demás era cuestión de fe, pero ¿qué fe en concreto sería la correcta? ¿Alguna de las judeocristianas? ¿El budismo? ¿Puede que incluso el animismo africano? Todo estaba sometido a tremendos sesgos. Yo era anglicano por inercia, pero reconozco que nunca me había formado una opinión propia al respecto hasta ahora. Quizá la explicación real esté por llegar, lo que me ayudaría a entender por qué mis sentidos, los físicos y los mentales, me aseguran que el difunto Tim ha estado en este islote hablando conmigo.

Día 62

El día a día y la experiencia de mi unión con lo extraordinario ocupa ya todo en mi vida. Una vida que asumo que voy a vivir exclusivamente en este islote, porque ya no considero que mi rescate sea una posibilidad real. Pero el día de mi rescate, ese día, finalmente llega. Ocurre de repente. Mientras paseo por la playa mirando la arena, levanto la vista y me topo apenas a quince yardas de mí con cuatro pescadores locales en su pequeño barco velero, quizá desviados por alguna tormenta. Me miran fijamente con cara de susto. Es normal. En este islote, apartado de todo interés comercial o turístico, no debería haber nadie y menos un europeo. Les recibo educadamente, con gestos. No parece que hablen inglés. Su particular anatomía me recuerda a la de los aborígenes iniciales que me trajeron aquí; esos cuerpos pequeños y atléticos sostenidos por fibrosas piernecillas, tan lejos del robusto inglés medio. En principio, su llegada no me causa ninguna impresión, como si yo ya perteneciese al islote. Me miran como si estuviera chiflado y sospecho que se plantean irse. Pero repentinamente despierto de mi letargo e intento explicarles mi situación. ¡Qué demonios, quiero salir de aquí!

Me ayudan a subir a su barco y nos ponemos en marcha. Supongo que vamos camino de vuelta a su atolón, aunque no recuerdo que hubiera nada cerca en los mapas que me mostró Lorelei. Me ofrezco a colaborar en el remado, a lo que responden con una sentida sonrisa. Pero no hace falta. El viento es favorable y podemos navegar con la vela. Aun así, tardamos casi todo el día en llegar. Es un poco tarde pero, en cuanto el resto de los habitantes de su isla me ven, me reciben como una celebridad. Debe de haber entre cien y ciento cincuenta personas. Dos de ellas hablan un inglés muy rudimentario. Son solo algunas palabras, seguro que un vestigio de nuestra anterior presencia colonial allí, pero suficientes como para transmitirles mi situación. Se desviven por entenderme y eso hace todo más fácil. Me dicen que mañana navegarán a la isla principal del archipiélago y que desde allí podrán llamar a alguien inglés. Mientras tanto, me dan agua, ropa limpia y su mejor pescado. Ignoran quién soy, luego no hacen esto por lo que he llegado a convertirme, el millonario magnate de las telecomunicaciones del otrora imperio británico, sino simplemente porque soy un ser humano en apuros. No puedo dejar de compararles con las personas del mundo en el que yo he vivido hasta hace tan poco. Solo dispuestas a hacer algo por alguien si es por dinero y bajo contrato.

He pasado la noche en la isla de mis rescatadores. Los aborígenes son gente de palabra y, a media tarde, se persona un funcionario inglés en una lancha motora con la *Union Jack* ondeando. El tipo se acerca con un cierto aire arrogante, pero no estoy como para evaluar la profundidad moral de nadie sino para salir del embolado que casi me ha costado la vida.

Se presenta como Theodore Pallister y parece que es el responsable del protectorado de un grupo de islas de esta zona. Me siento un tanto desentrenado en las formas, pero espero estar ágil en la conversación. Salvo con Tim, no había hablado con nadie en dos meses. El señor Palister se dirige a mí de un modo brusco. Es uno de esos tipos que hablan con gesto torcido intentando convencer al otro de que es culpable de algo, por imperativo universal. Creo además que tenía otros planes para esta tarde y que no le apetecía nada venir aquí.

—Buenas tardes, al parecer, usted ha sido rescatado de un islote no habitado. ¿Puede decirme su nombre y qué hacía allí?

—Frederick Walcott, y soy víctima de una maquinación.

Frunce el ceño, aún más, y seguidamente abre los ojos al máximo. Parece que he dicho algo incorrecto.

—Lo siento, amigo, usted no puede ser Frederick Walcott.

—¿Y por qué no?

—Porque el tal Walcott está muerto.

—¿Qué?

—Fue un caso sonado. El ricachón desapareció de su retiro dorado en Vanuatu hace dos meses y no hay ninguna posibilidad de que esté vivo. Los tabloides han llenado páginas y páginas con el dichoso asunto. ¿En serio no ha leído nada del tema?

—¿Vanuatu? ¿Dónde diablos está eso?

—A unas seis mil millas de donde está usted ahora mismo. Salvo que sea más hábil nadando que una jodida morsa, usted no puede ser Walcott. Repito, ¿quién demonios es usted?

Ve que no voy a dar mi brazo a torcer. Y, de hecho, sus modos empiezan a cansarme. Los aborígenes situados alrededor miran extrañados. Como si algo pasara. No están acostumbrados a tanta agresividad. Pallister prosigue.

—Señor... quien quiera que sea, espere. Ante su falta de colaboración con la autoridad, debo informar al jefe del protectorado por radio.

La conexión fue inmediata. La voz del interlocutor sonaba a tal volumen que podía escuchar todo perfectamente. A Pallister parecía darle igual.

—Hola, Pallister, ¿ha podido contactar con el náufrago?

—Sí, Señor Embajador, el tipo está bastante sonado, si me permite la expresión. Se cree Frederick Walcott, aquel tío forrado que murió hace unas semanas en Vanuatu.

—Dígame, Pallister —tras una pausa, el embajador adoptó un tono bastante solemne que puso en guardia a Pallister— ¿qué aspecto tiene ese hombre?

—Tiene barba blanca con algún rastro de haber sido rojiza en el pasado, ojos claros, la piel bastante quemada, acento británico refinado, casi pijo la verdad. Cumple todo el decálogo para ser un británico que en su día estudiara en alguna buena universidad.

—Escuche, ¿tiene alguna otra característica física?

—Está bastante delgado, la verdad. No parece un ejecutivo, aunque ese acento tan fino no se pierde.

—¿Se ha fijado bien en sus ojos?

—Sí, ya le he dicho que son claros.

—Fíjese bien.

Pallister se acerca y me mira a los ojos poniendo cara de abducido. Es obvio lo que busca.

—¡Qué demonios! Uno es azul y el otro verde.

—Pallister, esa era la marca identificativa clave comunicada por la Interpol para identificarle.

—Eso significa que…

—Que la persona que tiene delante es Frederick Walcott, sir del Imperio Británico.

El distinto color de mis ojos, que tantas mofas me había causado en el colegio, ahora me facilitaba el evitar dar mil explicaciones a este necio funcionario.

—Disculpe, sir Walcott —Pallister recompuso atropelladamente la postura tornándola en casi sumisión— comprenda lo inusual de la situación.

—No te preocupes, pequeño Theo, no serías un funcionario perdido de la mano de Dios si ciertas situaciones no te vinieran grandes —le digo, dándole una palmadita de apoyo en el hombro, sin poder contener la flema británica como parte de la adaptación de mi vuelta a la civilización. Noto una cierta euforia dentro de mí al tomar los mandos de la situación.

Los nativos sonríen al observar cómo neutralizo a Pallister, algo evidente a través de sus casi genuflexiones, y me despiden como si fuera su ídolo al subirme a la lancha motora del gobierno británico. Me llevan a la isla Diego García, donde me encuentro con el embajador. Mi rescate le va a dar puntos en su carrera diplomática pero no se abstiene de hacerme un comentario.

—Disculpe a Pallister, sir Walcott, todo el mundo conoce Capricorn; pero entienda que esa actitud suya de pasar desapercibido en los medios, hace que no pueda ser reconocido por el gran público.

Él no sabe todo lo que he trabajado para que eso fuera así. Odio ser reconocido por la calle. El embajador continúa informándome de toda la situación. Entro en contacto con Scotland Yard y la Interpol. No habían cerrado el caso. En Vanuatu encontraron un equipamiento idéntico al que realmente me proporcionaron en mi islote junto a restos de actividad humana y enseres personales míos. Sin embargo, algo raro debieron de observar los inspectores para que no se tragaran el anzuelo. Mi búsqueda, sin embargo, se había centrado en la misma Inglaterra. Es allí donde pensaban que me encontraría retenido, dado mi carácter poco viajero, o incluso ya bajo tierra.

Independientemente de lo que se traspasó a la prensa, el caso está aún bajo secreto de sumario, por lo que mi vuelta a Reino Unido se realizará totalmente de incógnito. Así se podrá minimizar la destrucción de pruebas y evitar huidas de culpables. Partimos del aeropuerto de la isla Diego García en rápido acuerdo diplomático con los Estados Unidos. Vamos en el avión más lujoso posible que se puede fletar para el personal británico. Los menús han sido diseñados por chefs franceses cuando yo, apenas dos días antes, había comido cangrejos crudos.

Día 67

Vuelvo más esbelto, más combativo y más limpio. Es irónico pero los motivos que me dio Lorelei para que aceptara el retiro en el islote, se han cumplido al final con pasmosa exactitud. Aunque, claro, no siguiendo los mecanismos previstos. La vida se abre paso por donde menos se espera. Además, ni ella ni sus secuaces participarán de los beneficios de mi nuevo y elevado estado.

Después del corte de pelo, la ducha y el afeitado, me miro al espejo. Parezco el mismo, algo más curtido y delgado. Pero lo que ha cambiado radicalmente es la dimensión de la mirada.

Llego al cuartel general de Capricorn sin previo aviso. El consejo de administración está celebrando en ese momento una reunión. Entro en la sala.

—¡Buenos días, siento llegar tarde! ¿Cuál es la agenda del día?

El personal de Scotland Yard se queda esperando fuera, al lado de la puerta. Ya han identificado a los culpables, pero me gusta notarlo en mis carnes. Es parte de mi nueva naturaleza. Al verme entrar, los inocentes muestran una sonrisa de felicidad sin límite. Los culpables se miran entre ellos en shock y no hablan. Hacen falta unos segundos para que el cerebro organice una respuesta ficticia acorde a una mentira de tal magnitud. Ahora mismo se encuentran en ese intervalo. Lorelei, la gran profesional de la farsa, es la primera en reaccionar.

—Fred, menos mal, te dábamos por perdido. Llevamos semanas buscándote por Vanuatu, en Oceanía, donde insististe en ir. Debiste de navegar a otra isla.

—Lorelei, ven a mis brazos.

Y la di un «cálido» y «sentido» abrazo.

—Agradezco tu preocupación, pero no hace falta. Acompaña a estos señores. Seré muy generoso llevándote cosas a la cárcel. Creo que te has ganado una gargantilla de diamantes. Podrás recogerla de la consigna de la prisión dentro de unos años.

Día 68

Mi cautiverio me había servido para hacer las paces con mi pasado, a través de una conversación imaginaria con Tim. Era el momento de

21

financiar la formación universitaria de su hija Fiona y ofrecerle un puesto en el nuevo consejo de administración tan pronto como acabara la carrera que quisiera en Cambridge. También me ocuparé del riesgo de desahucio del piso que tiene que afrontar su viuda. Ya he quedado con ella para resolver aquello que debí resolver hace mucho tiempo. Aún no sé hasta qué nivel de detalle voy a contarle sobre las razones de mi nuevo comportamiento. Aunque sé que no es tonta y que lo va a ligar a mi extrema experiencia de aislamiento que ahora será popular gracias, de nuevo, a los medios.

La visita a la viuda de Tim ha sido agradable, dadas las circunstancias. Ya está todo arreglado. El devenir de lo que insistimos en llamar vida, toma extraños vericuetos. Hemos hablado mucho de Tim, de su bondad y su talento. Agradezco haber podido recuperar el recuerdo de esa persona tan importante en mi vida. No cometeré el mismo error con Fiona.

Es el primer día laboral de mi nueva época. Ya estoy en mi despacho y siento como si por aquí no hubiera ocurrido nada en los últimos meses. Estoy sumergido en mis tareas revisando las cuentas cuando recibo una llamada del embajador inglés en el territorio del Índico.

—¿Sir Frederick? ¿Cómo va de nuevo su vida por Inglaterra? Ya hemos trasladado su generosa donación para la construcción de la escuela en la isla de los pescadores que le rescataron. Les estuve visitando y ya están colocando los cimientos. Por cierto, los pescadores en persona me comentaron algo ciertamente extraño, quizá fue un malentendido del intérprete. Parece que no fueron a su islote forzados por corrientes o tormentas.

—¿Por qué, entonces?

—Siguiendo a una bandada de extrañas gaviotas color fucsia.

2. La muerte corre a favor del reloj

—Señora, es su turno.

La voz de la administrativa del hospital suena neutra, casi metálica.

Una mujer asiente en la sala de espera. Se levanta y ayuda a ponerse en pie a su hija. En realidad, la pequeña es la paciente. Esta anda a duras penas. Es obvio que está muy enferma. Las otras dos personas que permanecen sentadas intentan mirar a la niña con compasión, pero en realidad lo hacen con horror.

El pasillo del hospital es largo y frío. Parece el pasillo de un matadero más que el de un lugar diseñado para curar a la gente. Los tacones de la madre repiquetean sobre las desgastadas baldosas, generando un incómodo eco.

Por fin llegan al despacho del doctor. Este dispone de una carpeta a rebosar de pruebas metabólicas, radiografías, resonancias... Lleva días analizándolas al detalle. Ha citado de urgencia a la madre porque ya le han llegado los análisis genéticos definitivos que había encargado. Ambas se sientan.

El doctor mira la nueva información mientras se recoloca con nerviosismo sus gafas bifocales. Necesita aumentar la claridad de lo que ve. La madre está a punto de llorar. La niña está con los ojos bien abiertos adoptando una extraña postura en su silla. El semblante del doctor se vuelve aún más serio según lee los resultados. Casi llega al hundimiento.

Pero para entender la actitud del doctor ante el terrible diagnóstico que se avecinaba habría que remontarse en el tiempo.

Todo empezó con Asier y cómo solían comenzar sus viajes: solo y en una estación de autobús. Nunca había tenido coche, y el recuerdo de la última chica con la que salió se hundía más y más en las tinieblas del olvido. Era una de esas mañanas plomizas y desagradables de invierno de Madrid que tanto odian los enfermos de migrañas. Irónicamente, era el primer día de las vacaciones de Navidad, y la ciudad entera parecía haberse concentrado en la estación de Príncipe Pío. El ambiente dentro del recinto era el común en este tipo de lugares y momentos. Tiendas y puestos ambulantes luchaban por sostener el ánimo del público, activando resortes ancestrales en sus mentes, mediante una multiplicidad de lucecitas y tintineos navideños.

Asier llegó a su dársena esquivando a todo tipo de gente que se movía como si fueran asteroides. Unos corrían descontrolados para no perder su autobús, algunos vagaban hiperconectados con sus teléfonos móviles pero aislados del mundo que les rodeaba, mientras que otros no andaban en línea recta aunque sin motivo aparente. Miró al monitor electrónico de la parada —aún quedaban 17 minutos— y se puso a esperar. Finalmente se subió al autobús casi empujado por el resto del pasaje. El vehículo se llenó como un recipiente bajo el grifo, tras lo que el conductor arrancó como un corredor de cien metros, para no incurrir en retraso alguno durante un día tan señalado. Tras unos minutos callejeando entre edificios, el vehículo llegó a la autovía nacional del Noroeste y la cosa se volvió más tranquila.

Los pensamientos de Asier entraron entonces en modo divagación. Como cada vez que salía del laboratorio en el que ejercía su profesión de investigador científico, apagó su radicalmente exigida mente académica y empezó a hacer balance de su vida. No era feliz. Necesitaba cambiar cosas en su existencia, pero no sabía cómo. Casi sin darse cuenta, el autobús entró en la provincia de Ávila y empezó a desprenderse de viajeros. Minúsculos pueblos de nombre irrecordable sugerían que el trayecto se iba alejando poco a poco de la autovía. Tras cientos de curvas, frenazos y acelerones, Asier por fin llegó a su destino. Pulsó el botón de parada casi perdiendo el equilibrio en uno de los últimos giros del vehículo que daban a la calle en la que se bajaría. Habían sido dos horas largas de camino, pero esto no había acabado. Según su navegador, aún le quedaban por andar unos cuarenta y cinco minutos a través de caminos de cabras para llegar a la casa rural a la que se dirigía en realidad.

Aunque sería poco más tarde que la hora de la sobremesa, el cielo ya estaba amenazando con el inicio del anochecer. La casi ausencia de ruidos y luces eléctricas hacían que el ocaso fuera aquí más radical que en la gran ciudad. El olor a madera quemada, las construcciones de piedra y la austeridad de los escasos lugareños incidían aún más en dar su particular bienvenida a la gélida España despoblada. Asier salió del pueblo y continuó por una senda de tierra bordeada por cunetas atiborradas de la hojarasca acumulada durante el reciente otoño. Alzó la vista y pudo ver las brumas de los valles cercanos con centenares de metros de desnivel. Empezaba a llover una especie de aguanieve, pero debía continuar. Ese era, además, el encanto de Ávila en invierno: sufrir el implacable tiempo exterior para después entregarse al acogedor hogar caldeado por un buen fuego.

Finalmente, y en medio de la nada, ahí estaba la construcción en la que se hospedaría una semana. El tamaño era impresionante. Mucho más de lo que él había imaginado a partir de las fotos del anuncio en internet. Entró en el patio y vio aparcados varios coches bastante decentes. Otros huéspedes habían llegado.

FASE 0

Asier llamó al timbre y, unos segundos después, alguien abrió la puerta. Se trataba de una mujer elegantemente vestida que le recibió con una sobria sonrisa.

—Tú debes de ser Asier.

—Sí, soy yo. Espero no llegar tarde.

—Por supuesto que no, llegas justo a tiempo. Deja ahí tu mochila y ven conmigo.

El recibidor era maravilloso y cálido, de un estudiado estilo rústico. Estaba conectado con un ancho pasillo alfombrado con paredes color rojo burdeos de las que colgaban grandes cuadros y que finalizaba en una enorme puerta. La mujer pudo abrirla solo ayudándose con las dos manos, para dar paso a una gigantesca estancia en la que se encontraban otras tres personas.

Acostumbrado a vivir funcionalmente, Asier no pudo más que admirar lo que veía. Por todas partes aparecían bellísimas obras de arte escultóricas y pictóricas, lámparas de araña, sillas y muebles de las que se encuentran en los catálogos de galerías de antigüedades a precios prohibitivos. No hacía falta ser un experto tasador para saber que por allí circulaban ríos de dinero. Aquello no se correspondía con las fotos del establecimiento de corte medio que había visto en internet, sino que estaba mucho más cerca de ser una de esas casas de ricos famosos que se muestran furtivamente a la plebe en ciertos programas televisivos edulcorados. La arisca naturaleza exterior se había tornado en el máximo de los lujos en un santiamén.

—¡Guau! Es mucho mejor de lo que pensaba —dijo Asier, sin poder evitar verbalizar su pensamiento mientras miraba embobado hacia todos los lados.

La anfitriona sonrió.

Sin embargo, pronto cayó en la cuenta de que, si las fotos no se correspondían con la realidad, tampoco seguramente lo haría el precio de la habitación tal y como estaba anunciado en la página web. «No, no puede ser. Esto es demasiado» pensó.

La fascinación inicial dio, pues, paso de inmediato a la alarma. Notó ese pico de adrenalina que experimentan los que van justos de posibles para preservar su débil supervivencia económica. Definitivamente, debía de haber un error y eso podía costarle la ruina en, literalmente, minutos.

Y así se dirigió, titubeando y con un cierto tono encarnado en su cara, a la mujer que le había recibido en la entrada, que entendió debía de ser la propietaria de aquel palacio.

—Disculpe, eh… me temo que ha habido una confusión. Yo no puedo pagar esto. Si me permite, anularé la reserva y buscaré algún sitio para dormir en el pueblo más cercano.

—No te preocupes, Asier, hoy es gratis —dijo la mujer con voz tranquilizadora—. Mañana tendrás tiempo para buscar.

Y ella siguió con su trato exquisito, como si estuviera en la recepción de una embajada. La supuesta anfitriona era una mujer de belleza atemporal, aunque algún tenue detalle delataba que debía ya de estar en algún lugar de la cincuentena. Su estilo ejercía una impronta sobre las personas superior a la que podían alcanzar mujeres más bellas y jóvenes. Llevaba el pelo recogido en una coleta y vestía un vestido oscuro hasta la rodilla con bandas doradas por los costados que, aunque disfrazado de una cierta naturalidad, debía de ser de algún cotizado diseñador. Desde luego, no era una casera al uso. La expresión verbal y delicadeza de movimientos de la mujer abrumaban a Asier, solo acostumbrado a estar con personas similares a él dentro de un laboratorio. Pensó que todo aquello debía tratarse de algún tipo de oferta promocional y decidió no darle más importancia.

Una vez liberado del yugo económico que tan mal rato le había hecho pasar, pudo entonces reparar en las otras tres personas del salón. La delicada música de cuarteto de cámara del hilo musical enmascaraba el hecho de que aún no hubiera ninguna conversación entre ellos. En cierto modo, el ambiente parecía más el de la exposición de un museo que el de una casa de huéspedes. Entre sus compañeros de alojamiento, uno se encontraba sentado con una enorme copa de algún tipo de licor, un segundo hombre observaba un cuadro en éxtasis visual mientras que la tercera persona en cuestión, una mujer de unos treinta y cinco años, escrudiñaba con extrema atención la enorme cabeza disecada de un ciervo que colgaba de una de las paredes de la sala.

Asier seguía sufriendo una cierta incomodidad en presencia de extraños, un problema arrastrado desde su infancia del que no lograba acabar de salir ya de adulto. Por el contrario, el individuo de la copa parecía encontrarse en su salsa. Era un hombre ya maduro con cierta robustez anatómica, gafas de montura apenas perceptible y barba algo canosa, aunque su pelo, ligeramente largo y con algún toque juvenil, se mantenía razonablemente moreno. Llevaba una chaqueta con el suficiente porte como para no necesitar corbata. Se encontraba semirrecostado con las piernas cruzadas en uno de los amplios y mullidos sillones color crema situados en el centro de la enorme sala. Apoyó la copa en la mesa de centro que tenía delante.

Asier se sentó lentamente frente a él y tocó con extremo cuidado la mesa que les separaba. Parecía haber sido expropiada de algún templo milenario donde hubiera servido a emperadores.

—Barón de Norfolk de 30 años —comentó el hombre de la barba, haciendo mención a la marca de su brebaje, para sacar a Asier de su ensimismamiento.

Asier entendió que debía de ser algo bueno, aunque no era para él. Él era buen chaval.

—Lo siento, no bebo alcohol. Ni siquiera refrescos. Tienen azúcar.

—Ni yo. Solo hago excepciones si la botella vale más de mil euros. Por detrás se oía susurrar al hombre que estaba mirando los cuadros.

—No me lo puedo creer, juraría que es un Munch auténtico. Finalmente, el caballero del *brandy* se presentó a Asier.

—Luis, Luis Beltrán —y le ofreció la mano a Asier en un gesto amistoso, pero con una solemnidad que a Asier le sobrepasaba generacionalmente. No jugaban en la misma liga.

—Asier… Carceller —respondió Asier dirigiendo rápidamente la mirada hacia abajo. Era la primera vez que se presentaba a alguien en su vida privada diciendo su nombre y apellido completo.

Luis tomó otro sorbo de su tesoro líquido. Tras asimilar los efluvios con endorfínico placer, como si fuera parte de un ritual amazónico, inspiró lentamente y aprovechó el momento espiratorio para continuar la conversación. La situación lo merecía.

—¿Y a qué te dedicas, Asier?

—Sólo soy un triste biólogo celular, aunque descifré el proceso funcional de las sitequinas —dijo Asier, sintiéndose como si hablara como un marciano— pero bueno, no importa. El caso es que lo que hago no está bien pagado así que no sé muy bien qué hago aquí —la autoconfianza no era su fuerte y no perdía la oportunidad de autosabotearse ahogándose en sus propias cadenas de argumentos.

—¡Ajá! ¿El proceso responsable de la enfermedad de Percimer?

—¿La conoce? Pero… ¿En qué trabaja usted? —preguntó Asier extrañado, ya que se había acostumbrado a que nadie tuviera la más mínima idea de a lo que dedicaba casi la totalidad de su tiempo.

—Soy el médico jefe responsable de la Unidad de Medicina Terminal del Hospital del Oeste. Tengo el record de recuperación de desahuciados en España —dijo orgulloso Luis, poniendo las vidas salvadas en su haber como un formidable baremo—. Algún Percimer he tenido en mis manos, aunque ahí no hubo suerte. Pero, como especialista que lidia con la parca, puedo afirmar que este Barón de Norfolk resucita a un muerto —incidió, relamiéndose aún del último sorbo del largamente macerado *brandy* dado segundos antes.

El hombre que miraba los cuadros se dio progresivamente la vuelta al escuchar lo que se estaba hablando en el centro de la sala. Al parecer, la conversación entre Asier y Luis no era tan privada.

—Vaya, esto sí que es interesante. Eduardo Navarro —dijo presentándose—. Yo soy químico. He sintetizado numerosos productos activos frente a enfermedades similares a Percimer.

Los tres miraron a la cuarta persona, la única mujer, que ya estaba orientada hacia el resto. Cuando casi a la vez le iban a formular la pregunta, ella ya empezó a responder:

—Tejidos artificiales y organoides. He desarrollado varios modelos, pero mi especialidad son pulmón y páncreas. Y, por cierto, me llamo Amalia Ferrándiz —prosiguió, sin dejar de sonreír por la situación.

Hubo unas cuantas risas al unísono. Bueno, quizá no tan al unísono. A Luis Beltrán, la persona con más empaque del grupo, la situación no le hacía ninguna gracia. Dejó serenamente la copa sobre la mesa y, renunciando por primera vez al disfrute del alojamiento, esperó a que el rastro del eco de las últimas risitas se diluyera. Fue entonces cuando tomó las riendas del discurso con una voz llena de cuerpo:

—Muy bien, señores, déjenme exponer la situación. Es un hecho que todos nos dedicamos a un área similar de la biomedicina y que no estamos en ningún congreso de lo nuestro ni somos unos conocidos que hayamos quedado para venir. ¿Puede decirme alguien entonces cómo demonios hemos acabado todos aquí?

—Pues visto así, no lo sé —respondió Amalia— pero no hay que descartar la mera casualidad.

—O quizá estemos en alguna base de datos de nuestro ámbito al que se haya dirigido la oferta de la estancia —añadió el químico Eduardo, buscando algún atisbo de racionalidad al escenario del que eran improvisados partícipes.

Todos se mostraban extrañados con la situación, pero en el caso de Asier alcanzaba la incomodidad extrema. Era un efecto colateral de haberle tocado ser un genio de la biología celular, pero, dentro del mismo paquete, también un minusválido emocional incapaz de asumir situaciones estresantes.

Luis prosiguió con su sólida argumentación.

—¡Y una mierda! Disculpadme… pero no. Estas cosas solo las he leído en novelas baratas de misterio. No pasan en la realidad. Aquí hay una intención —insistió señalando repetidamente con el dedo índice de la mano izquierda al suelo del gran salón en el que se encontraban.

Era el momento justo para que las miradas de los cuatro se dirigieran a la anfitriona, de la que esperaban traería la solución a tanta incertidumbre. Esta procedió a dar las explicaciones.

—Bueno, era obvio que no tardaríais en daros cuenta de ciertas coincidencias entre vuestros historiales laborales —dijo la atractiva mujer sin perder la sonrisa—, aunque no os habéis fijado en un hecho clave. Realmente no coincidís en vuestra experiencia profesional, sino que os complementáis.

—¡Correcto! —respondió Luis a un elevado volumen aún más ofendido—. La colaboración es maravillosa, ¡hagamos algo juntos en el futuro! Pero eso no explica qué diablos hacemos en medio de Ávila, en lo que pensábamos era nuestro tiempo libre.

Alguien con una trayectoria de décadas batallando en primera línea con la muerte no estaba para juegos.

La casera asintió respetuosa con un gesto de asimilación de la queja y volvió a tomar la palabra. Intentaba calmar los ánimos pastoreando a los presentes, aunque sospechaba que eso no ocurriría tan fácilmente.

—Todos habéis sido convencidos a través de ganchos pagados, por supuesto, por nuestra fundación. Son infiltrados en vuestras vidas los que os han mandado las fotos de una casa rural y manipulado para que vengáis a esta dirección. Ojalá hubiéramos podido hacerlo de otro modo, pero fue así.

Los cuatro entrecerraron los ojos o miraron hacia arriba recordando el momento exacto en que cayeron en la trampa, adoptando distintos tipos de expresiones de incomodidad cuando identificaban la ruta de captación. Un compañero de trabajo, una secretaria...

Luis terminó por enervarse completamente.

—¿Ganchos pagados por «la fundación»? ¿Pero qué jodida fundación? Esto no me gusta. No sé si seré raro, pero prefiero ser yo quién decide dónde y con quién estoy. Con su permiso, y a pesar de toda esta opulencia, un servidor abandona este turbio asunto —y dejó incluso la copa con su caro bebestible sin apurar.

Luis se aproximó dando largos pasos a la puerta de salida y buscó el picaporte, pero rápidamente entendió que no iba a poder encontrarlo. Unas compuertas metálicas habían descendido sin hacer ruido perceptible, sellando la casa y ejerciendo un efecto psicológico lapidario sobre los huéspedes, que asistieron incrédulos al hecho. La situación era más grave de lo que parecía. Literalmente, eran prisioneros.

Aún permanecían en estado de shock cuando por una puerta al fondo del salón entraron cuatro gigantescos individuos trajeados con aspecto eslavo, unos mastodontes apenas compatibles con las medidas esperables para un humano.

Tras ellos, entró un curioso personaje de aspecto avejentado y obvios problemas para mantenerse en pie, que iba avanzando lentamente con una especie de andador. Junto a él, se encontraba otro hombre que debía de ser su asistente personal. Aunque este último tenía dimensiones normales, había algo primitivo y selvático en su mirada que indujo al subconsciente de todos los invitados a ponerse en guardia, cosa que no habían conseguido los gigantes iniciales.

Poco a poco, el individuo aquejado se situó frente a ellos y se presentó.

—Soy Ignacio Samontana. Como no sois el tipo de gente que lee las páginas color salmón de los periódicos, dejadme que os cuente algunas cosas sobre mí. Ya habréis notado que en esta casa entra el dinero a espuertas. Entre otros muchos negocios, soy el principal magnate del acero del país.

Samontana no era un millonario más del montón, presa de los cantos de sirena del pueril lujo. Su magnitud monetaria era tal que, hábilmente utilizada, podía convertirse en una herramienta económica con capacidad para hacer tambalearse a las estructuras sociopolíticas del país. Ese poder apenas lo poseían un puñado de individuos vigilados en extremo por gobiernos, agencias de inteligencia, grandes logias y grupos de presión. No cualquiera llegaba a eso y quien tenían delante lo había conseguido. Aunque ese mérito no le eximía de cierta brusquedad en su discurso.

—Ahora, os preguntaréis qué hacen unos muertos de hambre como vosotros en un sitio como este.

Eduardo no toleró ese comentario y trató de defender su territorio personal.

—Yo no soy ningún muerto de hambre, estoy a punto de acabar de pagar la hipoteca de mi piso y tengo sólo cuarenta y siete años.

—¿Viviendas? Oh sí, yo tengo cerca de doce mil. Todas pagadas al contado. Malditos perdedores hipotecados… —contestó Samontana con desprecio, empequeñeciendo moralmente a Eduardo hasta parecer del tamaño de las moléculas que diseñaba—. Como decía, vuestra mediocre existencia no os ha impedido ser muy buenos en algo. Como habréis observado, y a pesar de mis grandes logros, tengo algunas dificultades físicas. Desgraciadamente, padezco la enfermedad de Henriksen.

Tras lo que, como siempre que se comunica una información relevante, se hizo el silencio. Los cuatro secuestrados se miraron entre ellos. El término apenas les sonaba vagamente. Excepto a Luis Beltrán, que miró hacia abajo resoplando. Él sí sabía lo que suponía eso y los demás se dieron cuenta. Nada bueno venía.

—Usted la conoce, ¿verdad, Luis? ¿Quiere usted hacer el favor de ilustrar a sus compañeros?

A Luis Beltrán se le había helado la sangre en el momento en el que escuchó aquella palabra —Henriksen— en honor al médico noruego que caracterizó el primer caso a finales del siglo XIX. Luis entendió su rol en este punto y se dirigió a los otros tres. A fin de cuentas, ellos eran sus aliados en esta situación. Respiró profundamente con resignación y procedió con la explicación. El peso de su voz combinado con su larga experiencia médica le daban una imagen de absoluta autoridad.

—Sí, claro que la conozco. Tuve tres pacientes con esa enfermedad que han sido mi peor experiencia como médico. Los tejidos se regeneran un número muy limitado de veces, aproximadamente un 10% de las de un individuo normal. El contador molecular del envejecimiento no es interpretado correctamente por las células y dejan de dividirse prematuramente. Por fortuna, solo ocurre en uno de cada cinco millones de nacidos vivos.

—Vaya, así es, uno de cada cinco millones, somos muy «especialitos» —replicó el millonario con una enferma sonrisa.

—Y mueren apenas llegan a la adolescencia por problemas múltiples en sus órganos —recalcó con lentitud Luis mirando fijamente a Samontana, acentuando aún más la sobriedad de su voz.

—Sin embargo, veo que usted está vivo y que ha llegado a viejo.

—Esa es la cuestión. No he llegado a viejo. Tengo treinta y un años. Y si he alcanzado esta edad es porque padezco una variante relativamente leve de la enfermedad y he vivido entre algodones toda mi vida. Pero aun así es fatal. Al menos eso es lo que dicen los médicos y le aseguro que he consultado a los mejores. Vosotros

32

mismos podéis ver los estragos que esta maldita enfermedad ha causado en mí.

—Ninguna compañía desarrollará nunca un fármaco para su enfermedad. No es rentable. Está muerto y lo sabe —respondió Luis Beltrán sin tratar de poner paños calientes sobre el asunto.

El millonario sonrió de medio lado.

A continuación, entró otro hombre en la sala y se puso al lado de la elegante mujer que había ejercido el papel inicial de anfitriona. Samontana espero a que este llegara y continuó su discurso.

—Si no os conocéis es porque no hay especialistas en mi rara enfermedad. Los mecanismos subyacentes a su causa ni se han estudiado ni se estudiarán. Os presento a Fabrizio —dijo refiriéndose al recién llegado—. Él preside mi fundación y es el cabrón que os ha seleccionado —y le golpeó ligeramente con un bastón en el tobillo para que diera un paso al frente. Dejadme informaros sobre vuestra situación personal actual.

Cuando dijo eso, los cuatro sintieron un escalofrío en la espalda. Y prosiguió.

—Ni con el amparo económico y legal de la fundación se llegaría a encontrar una cura por la vía ordinaria. No me quedan diez años para hacer las pruebas clínicas siguiendo los plazos legales. Efectivamente, Luis, en la práctica estoy muerto. A un pobre desgraciado como vosotros le daría igual porque, total, ya vive en la miseria. Pero morir joven y de este modo es horrible para alguien forrado como yo. Quiero permanecer en un mundo que entiendo, controlo y del que me aprovecho.

Samontana no perdía ni una oportunidad para perder empatía con sus «invitados».

—Os preguntareis cómo he conseguido escalar a la cima de la pirámide de poder de este país. Os confieso que no ha sido únicamente gracias a mi olfato para encontrar oportunidades empresariales ni a mi habilidad con las finanzas. Si he llegado a lo que soy, ha sido descodificando los códigos de la voluntad de los demás para ponerles a mi servicio, arrancando el potencial de mis empleados y socios hasta dejarles en los huesos si hacía falta. No creo en otra motivación que no sea la presión y el terror. Así pude potenciar las pequeñas empresas que me legó de niño el patán de mi padre y que, desgraciadamente, incluía esta basura de cuerpo. Y es exactamente lo que voy a hacer con vosotros.

Al parecer, el millonario había contrarrestado sus problemas físicos con una mastodóntica mala leche hasta convertirse en un odiador profesional. Hasta su propio personal se sintió avasallado en ese momento. Pero, a fin de cuentas, estaban a sueldo de él. Y a muy buen sueldo.

—Estáis aquí porque sois las piezas que me permitirán completar el puzle. La solución a mi enfermedad. No saldréis de aquí hasta que no halléis una cura para mí.

—Perdone, pero yo tengo un trabajo y tengo que estar allí el lunes —dijo tímidamente Amalia, que hasta ese momento había asistido estupefacta a los recientes hechos.

—No has comprendido, niñata, vosotros ya no tenéis ningún trabajo excepto el de salvarme la vida. Me pertenecéis.

—Pero ¿qué pasa con nuestras vidas? No funcionará. Empezarán a buscarnos en breve —replicó Eduardo.

—Por favor, Eduardo, no me vengas con faroles. Ninguno tenéis hijos, no tenéis pareja, no tenéis amigos. No os comunicáis con lo que queda de vuestras familias. Os hemos analizado en detalle. Sois todos unos fracasados sociales. Divorciados, solteros... ¿crees que alguien os echará de menos? Y sois adultos libres con tendencia a iros de viaje, en los que seguro que pretendéis lavar vuestras penas e intentar entender por qué nadie os quiere. Pensarán que os habéis ido de año sabático. Estamos moviendo esa inercia entre vuestros compañeros, que no amigos, a través de los miembros infiltrados de nuestra fundación.

—Entendemos la situación —replicó Luis Beltrán intentando rebajar la tensión—, pero, aunque tengamos una hipótesis e incluso fármacos candidatos a curar la enfermedad que funcionen en animales, habrá un momento en el que tengamos que hacer pruebas directamente con usted y podrían no salir bien.

—No te preocupes. Tendréis humanos para las pruebas.

—No valdrán. Deberían ser humanos que tuvieran la enfermedad.

—La tendrán.

Aquello ya rayaba en la absoluta locura. Samontana y su séquito serían capaces de secuestrar a los poquísimos pacientes con Henriksen distribuidos por la geografía mundial para que hicieran de cobayas para el millonario. Este hombre no conocía límites para llevar a cabo sus objetivos. Su enfermedad física no parecía ser la única irregularidad que padecía.

El peligroso personaje presentado como Samontana acabó de explicar el resto del contrato unilateral.

—No pongáis tan mala cara. Si me curáis recibiréis una compensación de cinco millones de euros cada uno. Eso sí, esa prima incluye además el pequeño detalle de no abrir la boca sobre los detalles de este asunto bajo pena de muerte, que a estas alturas ya intuiréis que esto sí que no se trata de un farol. Eduardito, podrás pagar tu hipoteca con discreción. No se publicará ningún resultado científico ni se aplicará la solución a nadie más con la enfermedad. Habría que dar complejas explicaciones. Además, lo que les pase a los demás pacientes me trae sin cuidado.

La noticia del pago de cinco millones no acabó de quitarles la preocupación. Además, quedaba mucho para eso, si es que llegaban.

—Se me ha estimado un tiempo de vida de tres años. Si yo muero, estos caballeros tienen órdenes de que, a continuación, también lo hagáis vosotros. Igualmente si llego a un estado irreversible. No es por nada, amigos, pero yo que vosotros lo resolvería —finalizó el millonario lentamente mirando a los ojos de cada uno de los cuatro.

Tras lo cual, se hizo el silencio.

Eduardo salió corriendo e intentó huir buscando una salida por la casa, pero fue neutralizado sin apenas esfuerzo por uno de los gigantes polifemos encargados de la seguridad del recinto. Samontana ya había asumido ese tipo de reacciones y ni siquiera dio importancia al hecho, sino que pasó directamente al último punto del «orden del día».

—Fabrizio seguirá y verificará vuestros avances. Por favor, muéstrales el pequeño taller de trabajo que les hemos preparado.

Fabrizio les hizo señas para que le siguieran. Anduvieron por un pasillo de unos veinte metros que daba exclusivamente a otra puerta metálica de aspecto blindado. Cuando la abrió y encendió las luces, apareció algo increíble. Los cuatro conocían los principales centros de investigación y hospitales españoles y parte de los extranjeros, pero aquello se encontraba por encima de toda sofisticación conocida. Simplemente, no habían visto nada así en su vida. Bajo unas escaleras, apareció un sótano similar al interior de una nave espacial en la que se había copiado y mejorado cualquier instalación de la Universidad de Oxford, el MIT o el Hospital Monte Sinaí.

—Pero ¿de dónde ha salido todo esto? —preguntó Asier.

—Esto es lo que puedes hacer cuando el dinero no es un problema —contestó Fabrizio.

Los cuatro investigadores tenían delante un gigantesco laboratorio con varias estancias. Todo tipo de reactivos, aparatos, tanques de nitrógeno líquido llenos de células madre, productos para síntesis química, soportes para órganos artificiales, impresoras 3D para tejidos, animales de experimentación e incluso habitaciones para «sujetos humanos».

—Y lo más importante, sin límites ni en los pedidos de material ni en las pruebas que necesitéis. Sin legislación, sin ética, sin retrasos. Máxima eficiencia. El conocimiento fluyendo sin límite de velocidad. Eso es lo que quiere Ignacio Samontana. Tomaos un rato para inspeccionar todo —recalcó Fabrizio.

«Quizá el conocimiento no debiera fluir tan rápido» pensó para sí Luis Beltrán.

—¡Ah, se me olvidaba! Cada uno dispondrá de su propia habitación con un baño y ducha en este sótano, pero, cuidado, estaréis siendo permanentemente vigilados, tanto presencialmente como a través de cámaras. Así que no hagáis tonterías. Hoy ha sido un día muy intenso, lo mejor es que os vayáis a dormir. Ya tenéis la cena preparada en vuestros aposentos. La comida es deliciosa y nutritiva, por cierto. La prepara un chef que seguro habréis visto en televisión, aunque él no sabe que es para vosotros. Nunca habréis comido mejor.

FASE I

Era la primera noche. La más dura. La de la asimilación. Todos dieron numerosas vueltas en la cama, aunque las emociones vividas habían sido tan fuertes que al final su cuerpo tomó el mando y acabaron durmiéndose. Aunque no por mucho tiempo, ya que a las 6:30 todos fueron despertados para que se ducharan y vistieran. Las habitaciones eran confortables en extremo, e incluso «de alto standing», salvo por el hecho de que eran celdas. No podían salir de ellas durante el descanso. Todos se levantaron ojerosos y torpes. Se miraron entre ellos, intentando asumir el papelón que tenían por delante. Fueron dirigidos a la sala común de comidas que permanecería abierta exclusivamente durante las ingestas para que no intercambiaran información «no científica». Allí recibieron un espectacular desayuno. Al menos su forzada estancia tendría matices agradables.

A las 7:00 los cuatro tendrían que estar ya trabajando en sus respectivos puestos. Era el primer día de una serie de días con final incierto. En ninguna universidad, hospital ni empresa les habían preparado para trabajar contra reloj bajo pena de muerte. Esas cosas no existían en occidente, salvo en el rocambolesco proceso en el que se habían visto implicados contra su voluntad. Los roles de cada uno estaban claros y Fabrizio no era un recién llegado, sino que acreditaba una dilatada experiencia clínica. Tras las primeras impresiones y conversaciones con él parecía que al menos la cosa iba a estar bien dirigida.

El primer paso consistió en documentarse a conciencia sobre la enfermedad. Salvo Luis, ninguno de los presentes sabía gran cosa sobre ella, e incluso éste necesitaba consultar detalles para focalizarse en la meta que les había sido impuesta. Cada uno debía adaptar su experiencia al Henriksen y pensar en cómo colaborar con los otros tres miembros del grupo. Fabrizio insistió mucho en el último punto. Recibieron y solicitaron montañas de artículos, e historiales médicos e informes operatorios de pacientes. Leían durante sesiones maratonianas de hasta dieciocho horas al día. También empezaron a familiarizarse con la parte del laboratorio que les atañía para darle un sentido práctico a las ideas que fueran surgiendo.

Aunque se habían puesto manos a la obra a fondo, funcionaban a dos niveles: el científico y el escapatorio. Aunque para el segundo apenas podían forzar encuentros furtivos entre dos personas, como cuando Luis preguntó susurrando a Asier tras un par de días de trabajo:

—¿Se te ocurre algo para salir de aquí, chico?

—De momento nada, lo veo imposible.

—Es muy probable que no encontremos una solución para la enfermedad dentro del plazo, pero debemos fingir que estamos cerca para que bajen la guardia y salir de aquí por piernas, de algún modo.

—Luis, ¿crees que estaremos saliendo en las noticias?

—Por supuesto, pero puedes apostar a que se ha borrado todo rastro de nuestra presencia aquí.

Y enseguida tuvieron que incorporarse al grupo. Siempre había algún serbio rondando por allí, y esas malditas cámaras lo capturaban todo.

Tras ese primer período, Fabrizio reunió al grupo para empezar las conversaciones, las cuales se convirtieron en auténticas tormentas de ideas. Pasaban los días discutiendo, plasmando las primeras estrategias que emergían a través de los rotuladores de colores sobre la pizarra blanca. Dividieron la tarea de salvar a Samontana en muchos pasos intermedios para los que cada investigador mostraba soluciones desde distintos ángulos. Al principio los pasos eran pequeños, pero pronto la experiencia y el talento fueron tomando el mando, y empezaron a abordarse problemas más grandes. Se preguntaban: ¿por qué enfermedades similares podían tratarse, pero el Henriksen en concreto no?

Inesperadamente, los cuatro se sorprendieron a sí mismos emocionados e implicados en la labor. Se enfrentaban al mayor reto de su carrera. La adrenalina fluía a chorros por sus venas. Puede que Fabrizio no fuera un compañero como tal, pero al menos el intelecto les conectaba hasta llegar a desarrollar con él una relación correcta que agradecieron.

Llegaron algunas reuniones subidas de tono. A veces las luchas de egos eran tan pronunciadas que incluso se les olvidaba que estaban atrapados y que su objetivo último en realidad era trabajar juntos para salir vivos de allí. El influjo de Ignacio Samontana parecía haber conseguido estimular alguna zona reptiliana de sus cerebros, aquella capacidad de la que él tanto alardeaba. Le notaban permanentemente encima en todo lo que hacían y quizá él fuera el acicate, el componente clave que supondría el desarrollo final del fármaco. Su gigantesco patrimonio, a tan corta edad, era la prueba palpable de la eficiencia. El grupo empezaba a funcionar y así se lo hizo saber Fabrizio a Samontana. Ellos no solo eran su juguete más preciado sino también su única vía de salvación posible.

Tocaba pasar a la acción. Consensuaron un punto de partida. Claramente, todo empezaba por Asier. Si no conocían la genética de la enfermedad no habría nada que hacer. Asier había recapitulado, almacenado y analizado toda la información del Henriksen y enfermedades similares, según sus síntomas. Desgraciadamente, acerca de la genética del Henriksen sólo había dos artículos publicados. Uno concluía que no había ningún gen responsable directo, mientras que el otro aseguraba que era tan complicado que la ciencia no podía resolverlo y animaba a dedicarse a otro asunto.

Poco a poco, los primeros genes candidatos a estar implicados en la enfermedad empezaron a salir a la palestra. Asier empezó a hacer pruebas con células extraídas de Samontana, comparando su comportamiento con células de individuos sanos.

A Asier parecía habérsele encendido una luz. De repente dijo en alto:

—Necesito analizar el genoma de Samontana.

—Cuando acabes no lo tires, podemos buscar la base genética de la posesión infernal —añadió Beltrán. Todos rieron al unísono ante la mirada horrorizada de Fabrizio, que, por una vez, les permitió algo de «relax conversacional» sin objeciones.

—Lo obtendremos de una muestra de sangre de Ignacio. Dispondrás de su genoma pasado mañana —contestó Fabrizio.

Cuando tuvo el genoma en su poder, Asier permaneció varios días y sus correspondientes noches analizándolo. Sin dormir. Sin hablar. Ingiriendo apenas algunos líquidos. Mirando abducido a la pantalla del ordenador dentro de un océano insondable de información. Comparando a Samontana con gigantescas bases de datos. El resto del grupo le miraba con intranquilidad. Una semana después, los miembros del grupo estaban dispersos realizando diversas tareas cuando, por fin, Asier abrió la boca.

—Es la combinación anómala de nueve genes. Los genes parecen sanos por separado, pero no se comunican correctamente entre ellos.

—Antes que nada, quiero que verifiques tu hipótesis en muestras reales. Espera un momento —pidió Fabrizio.

Y salió de la sala en la que se encontraban. Al minuto volvió con un robusto maletín metálico del que, al abrirlo, empezó a salir el humo resultante del paso de nitrógeno líquido a gaseoso. Contenía tejidos criopreservados de veinticuatro pacientes con Henriksen, la librería de muestras más completa de la enfermedad conseguida Dios sabe cómo. Asier comprobó en los días siguientes que todos tenían la misma alteración. La combinación de los nueve. Los malditos nueve.

—Explícalo de un modo entendible —insistió el supervisor del proyecto.

Asier entró en estado de flow, tomó un rotulador y se puso a dibujar esquemas como loco en la gran pizarra blanca de la sala de reuniones. Cuando descubría algo, un tsunami de emoción arrasaba a su timidez, al menos por ese instante.

—Imaginad una máquina tragaperras con nueve casillas en la que cada casilla es un gen y cada tipo de fruta en cada una de esas casillas, la variante de ese gen, el alelo. Tras la fecundación, a cada persona le corresponde una combinación de su madre y otra de su padre.

El resto de personas escuchaba con atención.

—Si alguna de las casillas falla, el resto pueden rescatarla. Pero si fallan todas en cadena, no. Y el mecanismo que estimula el control de divisiones celulares en un individuo normal se bloquea. Casi todos los tipos celulares se reemplazan varias veces durante la vida. Si dejan de hacerlo vemos lo que les ocurre a estos enfermos.

Amalia inició una conversación. Creía que podía entenderlo.

—¿Pero no puede rescatarle la combinación genética correcta del otro progenitor?

—Desgraciadamente no. La señal anómala es explícita y dominante respecto a la del otro progenitor, aunque esta última sea correcta. La combinación Henriksen es extremadamente inhabitual pero una vez que ocurre, nada puede pararla.

—¿Sería entonces el extremo opuesto al cáncer, el envejecimiento prematuro por falta de divisiones celulares? —razonó Beltrán.

—Tu argumento es exacto. Por eso nunca se había descubierto. Es absolutamente anti-intuitivo.

—Pero, Asier, ¿cuál es la probabilidad estadística de que falle todo, los nueve diques de contención? —preguntó entonces Eduardo.

—La he calculado con precisión teniendo en cuenta la estadística del total de la población humana. Es de una entre cinco millones. Exactamente, la probabilidad de padecer Henriksen.

Los demás miraban maravillados al joven genetista del que fluían tremendas ideas.

—Asier, ¿qué podemos hacer entonces? —preguntó Luis Beltrán.

—Tenemos que persuadir a sus células. Convencerlas de que no forman parte de un anciano sino de una persona de treinta y un años a la que le queda mucho por hacer.

El comentario fue desafortunado, dado a lo que precisamente dicha persona de treinta y un años les estaba sometiendo a ellos mismos. Todos le miraron.

—Sea lo que sea que eso signifique en la vida real —matizó Asier. Fabrizio asentía en todo momento.

Asier había resuelto el primer cuello de botella, el de la genética responsable del síndrome. Un problema tan complejo que podría haber provocado el fracaso total del proyecto y el final para todos. Sin eso no tenían nada a lo que agarrarse. Además, se había conseguido en el tiempo record de seis semanas. Un periodo irrisorio en ciencia. Habían ganado mucho terreno al plazo previsto, aunque el tiempo disponible siempre sería escaso para un objetivo de semejantes dimensiones.

—Parece correcto, pero tenemos que probar la hipótesis de los nueve genes en organismos reales. Idealmente en los más parecidos a humanos, en chimpancés. Pero necesitaremos encargar mutantes que tengan la enfermedad, y tardarán año y medio en construirlos y gestarlos —añadió Amalia con toda la razón del mundo.

Era una locura de tiempo, pero Fabrizio les aseguró que podían pedir cualquier cosa y así lo hicieron. Amalia opinaba que apenas se podría realizar en un tiempo razonable, aunque existían rumores de empresas en el extremo oriente que podían construir primates con genética a demanda en un tiempo récord. Fabrizio tomó nota y salió del sótano-laboratorio.

El millonario apareció al día siguiente con una amplia sonrisa.

—O sea que tengo una combinación mágicamente perdedora de genes.

—De alelos, pero… se podría decir así, Señor Samontana —dijo Asier con todo el titubeo del mundo.

—Vaya, parece que nuestro frágil amigo es un pequeño Rembrandt de la genética. Mi pequeño Asier, es increíble que alguien tan inútil en casi cualquier faceta de la vida pueda llegar a ser un genio en algo. Odio a la gente apocada como tú. Si no hicieras lo que haces, te colgaría ahora mismo de los pulgares. Sois seres sobrantes que habéis tenido la dicha de disfrutar de un don para el que no habéis hecho méritos.

Asier miraba hacia abajo suplicando para sí que Samontana parara de hablarle. Se sentía como un boxeador arrinconado en una esquina del ring que estuviera siendo aniquilado, en este caso dialécticamente. Por fin, Samontana finalizó su locución con una última frase.

—Dicho esto, te estoy muy agradecido por tu contribución al proyecto —remató con no poca socarronería.

Samontana no permitió a Asier disfrutar de su logro. En el universo de Samontana solo había sitio para un Dios y el puesto ya estaba ocupado por él mismo.

Asier volvió hundido a su habitación, buscando refugio en su intelectualidad, en el mundo en el que se reconocía, el de las leyes lógicas. Un mundo aséptico en el que no cabía la agresividad sino sólo números, procesos, reacciones...

FASE II

Eduardo era consciente de que, si Asier había pasado días y días pegado al ordenador, él debía hacer algo parecido en la siguiente fase del estudio. Era su turno. Estaba listo para empezar a diseñar fármacos que bloquearan la señal. Tomó el relevo utilizando la información proporcionada por Asier como material de partida.

—Hay que diseñar una molécula antagonista que neutralice el bloqueo de la división celular.

No sería la primera vez que lo hubiera hecho. Durante su carrera, Eduardo había desarrollado varios compuestos mediante síntesis racional de fármacos y, de hecho, era considerado uno de los mejores especialistas mundiales el tema. Bien lo sabían en Stanford, donde había trabajado durante una década, cuando hicieron todo lo posible para persuadirle de que no volviera a España y se quedara con ellos.

—Creo que haciendo esto, convenceremos a las células de Samontana de que dejen de maltratarse, tal y como él hace a conciencia con los demás —continuó sin evitar hacer este último comentario ante la horrorizada mirada de Fabrizio. Los vigilantes serbios mostraban su habitual petrificación facial, con la que parecían no sentir ni padecer nada salvo que tuvieran que repartir algún mandoble.

Fabrizio conocía perfectamente el historial científico de Eduardo, por eso le seleccionó para la causa. Éste le preguntó acerca de su estrategia concreta para encontrar fármacos candidatos a curar la enfermedad.

—Lo óptimo, Fabrizio, sería contrastar informáticamente todas las moléculas conocidas que están en las bases de datos químicas con la genética encontrada por Asier. Es una pena que el software de evaluación sea tan lento. Tardaremos meses en tener los resultados usando estos ordenadores de sobremesa.

—De eso precisamente quería hablarte. He estudiado en detalle tu trabajo en Stanford y he visto que usabas alta computación.

—Sí, pero esa Universidad está poderosamente financiada por el estado americano. Ninguna fundación privada tiene la capacidad para llegar a ese nivel, y menos en España.

—Hemos adquirido un gran computador.

—Ah sí, ¿qué capacidad de procesamiento tiene? —preguntó Eduardo con cierto interés.

—Doscientos setenta petaflops. Reales. Lo hemos confirmado.

—Eso es imposible. Sería el más potente de Europa.

—Ignacio insistió en que así fuera. Él no empieza nada sin garantías de que vaya a ser el mejor.

El primer día, Eduardo se sintió como alguien que, acostumbrado a conducir un utilitario decente, pisa por primera vez el acelerador de un Ferrari. Podía realizar billones de cálculos por segundo. Partió de todas las moléculas conocidas en las bases de datos químicas y todas sus posibles variantes sintetizables. El antagonista debía de ser una de ellas. A las 24 horas, unas 100 moléculas pasaron el filtro. Dos días después habían sido analizadas computacionalmente en detalle desde todos los ángulos físico-químicos. Finalmente, tenían veinte moléculas candidatas a curar el Herinksen. No se podía hacer más en menos tiempo.

Técnicamente todo iba según lo previsto, pero la sensación del grupo era extraña. No trabajaban para la humanidad sino para un loco. Aunque en el fondo lo hacían para salvar sus propias vidas. La tarea que les había sido encomendada, en principio inabordable, iba paulatinamente entrando dentro del espacio de la posibilidad real. Se les había proporcionado todo el material necesario sin los límites administrativos que tanto les habían perjudicado en el pasado. El maldito millonario había allanado el camino a machetazos para que generaran conocimiento, aunque fuera a su exclusivo servicio.

Casi al instante dispusieron de cantidades de centenas de gramos de cada uno de los veinte compuestos desde una empresa de síntesis química. Serían probados en cultivos celulares. Eduardo y el supercomputador habían operado a las mil maravillas porque hasta quince de los compuestos funcionaron en las células. Los quince serían los que pasarían a la siguiente fase. Sus quince. Entre ellos debía estar el que salvara a Samontana. Nada más podía ya hacerlo.

FASE III

Los compuestos debían ser probados en algo más que células sueltas. En concreto, en órganos artificiales llamados organoides que simulaban los tejidos a los que se enfrentarían los fármacos en la realidad. Era el momento de Amalia. Ella era una persona extremadamente organizada que se había puesto a trabajar en su parte tan pronto como llegó al superlaboratorio montado por Fabrizio. Amalia había solicitado los materiales y la impresora 3D necesaria para generar los armazones que funcionaran como estructura básica de los órganos más importantes implicados en la enfermedad. Luego había utilizado células madre extraídas de Samontana para desarrollar los tejidos sobre los armazones y construir órganos artificiales a imagen y semejanza de los del millonario. En cuanto Eduardo logró refinar su lista de compuestos candidatos, ya todo estaba listo para ser probados.

Cuando el resto del grupo entró en el departamento de organoides de Amalia, obtuvo una visión entre dantesca y tecnológicamente admirable. En una superficie de unos cien metros cuadrados, asistían a una especie de deconstrucción orgánica de Samontana. Había decenas de pequeños pulmones, hígados, bazos, páncreas, estómagos, etc. Sin excepción, cualquier órgano de laboratorio derivado de células de Samontana tenía peor aspecto que sus homólogos de individuos normales.

Los organoides fueron inoculados con alguna de las quince moléculas candidatas y, durante el mismo día, éstos empezaron a responder metabólicamente. De algún modo, algo estaban tocando en su biología interna. Los días siguientes fueron una mezcla de luces y sombras. Más de la mitad de los compuestos eran tan tóxicos que mataban a los órganos. Otros tres produjeron respuestas no esperadas. Dos no indujeron nada más allá de una leve reacción temprana. Solo quedaban dos que corregían los defectos de los organoides de Samontana.

Sin embargo, pocas horas después Amalia observó algo extraño en la actividad de uno de los compuestos. Algo iba mal. Pudo notar clavada entonces en su mente la mirada mórbida e incisiva de Samontana. De algún modo, él siempre estaba presente en sus mentes, presionándoles para no bajar la guardia. La estrategia extractiva que tanto rédito le había dado sobre sus trabajadores y colaboradores empresariales también funcionaba con ellos. El fracaso simplemente no era una opción. Amalia encontró un momento para compartir su hallazgo disimuladamente con Luis Beltrán, sin que nadie más lo advirtiera.

—Luis, están apareciendo extrañas formaciones en los organoides con uno de los dos compuestos que funcionan.

Beltrán miró subrepticiamente a los ejemplares que le había indicado Amalia. Desde luego, no tenían buena pinta. Tomó muestras disfrazándolo de mera rutina y las analizó. Enseguida supo lo que pasaba.

—Son tumores. Regeneran el tejido, pero de un modo caótico. Este compuesto no vale.

Una vez informados los cuatro del hecho, fueron conscientes de lo difícil que era reprogramar molecularmente a la naturaleza humana. Rezaron para que no pasara lo mismo con la única molécula que les quedaba. Esperaron varios días al borde del colapso. Pero hubo suerte. El último compuesto completó la fase con éxito: el F9751-B hacía exactamente lo deseado y sin dañar a los órganos de laboratorio en ningún otro aspecto.

—Eduardo, has diseñado el Santo Grial. Al menos, para los Henriksen —le dijo Amalia resoplando.

—Eso espero, pero nos hemos quedado solo con uno de los veinte compuestos originales. No tenemos red de salvación si falla en las próximas fases.

Pero uno era mejor que ninguno. Samontana quiso felicitarles a su manera tan pronto como fue informado. La verdad es que Ignacio ya no tenía buen aspecto —incluso dentro de su situación —pero su oratoria seguía intacta. Al parecer, moriría con ella.

—Sé que sois científicos y que siempre tenéis dudas e inquietudes sobre todo lo que hacéis, pero vuestro compuesto funcionará, como todas las empresas que inicio. Sólo hay que librarse del yugo del estado, con su inabarcable ineficiencia de chupatintas mediocres y enchufados, para que las cosas empiecen a funcionar por la mera selección natural del más apto, como ocurre con mis iniciativas.

Mientras hablaba, Samontana captó de reojo con su instinto depredador cómo Beltrán escudriñaba a sus protectores acompañantes serbios, como estimando las probabilidades de salir con éxito por la fuerza si el compuesto no funcionaba.

—Doctor Beltrán, ni lo intente. Sé que piensa que de media solo me protegen dos escoltas en todo momento, pero, amigo —e hizo una pausa sonriendo con una firmeza insultante— cada uno de estos puede con diez hombres. Por fuerza y por carácter. Los del Este sí que tienen huevos. Yo cojo lo mejor de ambas Europas, la occidental y la oriental —finalizó sin que nadie pudiera contradecirle dialécticamente. Contra él, por decreto, nunca se ganaba.

FASE IV

Llegó el momento de lanzar el compuesto al mundo animal. ¿Cómo se comportaría dentro de un mamífero? ¿Sería tóxico? Los pobres ratones seleccionados para contestar esas preguntas se dejaban acariciar e incluso coger por Amalia, pero intentaban escapar despavoridos en cuanto veían aproximarse la aguja de la jeringuilla con el fármaco en solución. Sus mentes, no por simples dejaban de intuir que nada bueno podía pasarles.

Pero órdenes de arriba llegaron inmediatamente para cambiarlo todo. Apenas habían trascurrido dos días desde que Amalia había comenzado con el asunto de los ratones cuando Fabrizio irrumpió velozmente en la sala.

—Samontana está empeorando. Vamos mejor de lo previsto con el fármaco, pero su deterioro va aún más rápido en esta carrera. Empieza a ver su final y eso le está agriando aún más el carácter. Tenemos que descartar los ratones y pasar directamente a primates.

—¿Es una broma? No podemos hacer eso. Hay que asegurarse antes de que el fármaco es estable en mamíferos inferiores. Por eso se hace primero en ratones, por su rápido metabolismo —respondió Amalia con el asentimiento de Eduardo.

—Lo sé, pero de poco servirá seguir el protocolo lógico si luego el fármaco perfecto solo se lo podemos inyectar a un cadáver. Además de que en ese caso... —Fabrizio se dio cuenta de que no debería haber empezado ese comentario.

—Ya. En ese caso no viviríamos para contarlo —le facilitó Amalia la situación acabando la frase—, pero, además, como muy pronto, los mutantes de chimpancé con la enfermedad aún tardarán en llegar. Hay que construirlos, pasar el período de gestación que es parecido al humano y esperar a que se desarrollen un poco. Será más de un año.

—Ya hemos pensado en eso —rectificó Fabrizio—. Lo ideal serían chimpancés, pero cuando Asier encontró la combinación de variantes para los nueve genes, encargamos construir los mutantes con los cambios en varias especies. Entre ellas, el primate con el menor período de gestación, que valdrá igualmente.

Todos pusieron cara de desconcierto.

—Se trata de monos titís pigmeos —continuó Fabrizio—. Los productores ya nos han avisado. Nos llegan cien unidades modificadas con la enfermedad inoculada por ingeniería genética junto a otras cien normales como control para comparar... en dos horas.

Esa tecnología de generación de mutantes a la carta era impresionantemente cara. No sabían lo que habría costado construir el conjunto de monos en ese tiempo record, pero allí estaban. La capacidad operativa de la administración Samontana no dejaba de sorprenderles.

Pero tal era la velocidad a la que las cuentas del rosario de la vida de Ignacio iban cayéndose, que su única opción era, efectivamente, probar el compuesto candidato en los primates de rápida gestación. El final de Samontana se acercaba y, con él, también el de los cuatro retenidos. No solo estaba la primera batalla de resolver la curación de la enfermedad. La segunda batalla, la del tiempo, era aún más difícil. Hacerlo antes de que el estado de Samontana fuera irreversible.

Se inoculó el fármaco a treinta monos modificados y se les sometió a todo tipo de pruebas durante un mes. El fármaco empezó a funcionar. Los pequeños monos enfermos que había recibido el compuesto empezaron a comportarse como los normales, mientras que los que no tuvieron la suerte de recibirlo mostraban cada vez peor aspecto.

Cuando Amalia miraba a los ojos a alguno de los pequeños titís mutantes rescatados de la muerte, éste parecía mostrarle agradecimiento por haberle salvado de esa tiranía genética impuesta por el humano en pos del conocimiento. Todas las pruebas celulares y genéticas respaldaron el hallazgo. Hubo gritos de alegría en el grupo. Aunque los cuatro atrapados se hallaban en una situación personal lamentable, el éxito científico era indudable. Habían curado a primates enfermos de Henriksen con un nuevo fármaco y, además, conociendo el modo de acción molecular. En condiciones normales esto hubiera significado una publicación en alguna revista de renombre y salir en los telediarios, algo que con toda seguridad nunca se produciría.

Pero a los pocos días ocurrió algo terrible, los indicadores de salud de los titís curados se desplomaron y empezaron a enfermar otra vez. La droga solo parecía funcionar unos días. Los cuatro acordaron de nuevo tácitamente guardar silencio hasta que entendieran el problema.

Beltrán ya había observado ciertos patrones crecientes de inflamación en las muestras de sangre de los pequeños monos, lo que le había estado preocupando. Sacrificaron a uno de ellos y Amalia preparó muestras para analizar al microscopio. Aprovecharon lapsos en la atención de los serbios para comunicarse información desapercibidamente. La cierta euforia derivada de los buenos resultados anteriores había tornado la presión de la vigilancia sobre ellos algo más laxa.

—Es cierto, la inflamación produce cambios en los tejidos que hacen que no respondan a la medicación —confirmó Amalia.

—Fabrizio aún no ha bajado hoy. Si se entera de esto, estamos muertos —dijo Luis.

Poco después apareció Fabrizio para supervisar las novedades del día. Hasta donde él conocía, el fármaco funcionaba perfectamente.

—¿Pero qué os ocurre? Después de vuestro gran éxito, vais muy lentos con las medidas y los informes.

—Creemos que aún no es seguro, Fabrizio. No hemos analizado a los titís durante suficiente tiempo y no querríamos implicar a nadie antes de lo debido. Es mera precaución —respondió Beltrán con algo de carraspeo para ganar tiempo.

—La seguridad ahora mismo no es tan importante como la determinación —aquí había sido poseído por el espíritu de su jefe—. Poneos las pilas y acabad los informes del éxito del ensayo cuanto antes.

Y volvió a salir del laboratorio.

—Creo que no vamos a poder salvar a Samontana. Lo siento chicos, no saldremos de aquí con vida. Hemos llegado lejos pero aquí acaba el viaje —dijo Luis Beltrán resignado.

—Espera, aún podemos cambiar de estrategia —respondió Eduardo.

—¿A qué te refieres?

—Salir sin curarle.

—¿Escapar?

—Podemos imitar una curación. Imitar la disminución de síntomas inicial con nuestro fármaco y, durante la euforia de Ignacio, aprovechar un descuido para encontrar una salida.

—Nunca se lo creerán. Nos van a retener aquí mucho tiempo. Se darán cuenta —respondió Beltrán intentando disuadirle.

Pretendiendo buscar apoyos, Eduardo miró a Amalia y a Asier, el cual le habló francamente.

—Yo fui el único que llegué aquí a pie y pude ver cómo es esto de día. El camino que lleva al pueblo estará vigilado. Si quieres ir campo a través, esto está rodeado de valles enormes con una terrible pendiente y atiborrados de árboles salvajes. Es tan fácil que no te encuentren como perderse y morir de frío o devorado por alimañas.

Eduardo fue entrando progresivamente en pánico ante las palabras de desánimo de sus compañeros. Aparentaba ser una persona estable, pero su nerviosismo había estado latente durante todo el tiempo de reclusión. Al final, estalló. Se acercó a la puerta de entrada al laboratorio con mirada turbada y llamó al timbre. Al poco apareció Fabrizio con cara de extrañeza. Esas llamadas repentinas no eran comunes. Al abrir la puerta, Eduardo empujó violentamente a Fabrizio y al guardián serbio que estaba junto a él. Pero el siguiente eslavo que estaba detrás le placó sin esfuerzo dejándole roto en el suelo. No había sido una escapada planificada sino un intento en caliente llamado al fracaso total. Como buen hombre de ciencias puras, sus éxitos procedían de un previo análisis minucioso, no de la improvisación sustentada en unos instintos que hacía mucho que habían dejado de estar afilados.

Samontana fue informado y apareció pronto por allí. No era el tipo de persona dispuesta a negociar insurgencias. Eduardo sintió, no sin razón, que sería llevado al paredón.

—Eduardito —dijo Samontana resoplando— creo que tu hipoteca en curso no va a ser tu única preocupación. Considerando además que ya tenéis un fármaco avanzado, tu función en mi plan de curación puede haber llegado a su fin. Por ello, tendría lógica que pasara lo mismo con tu vida.

Fabrizio intentó puntualizar la situación hasta donde pudo dentro de ese doble papel, entre colaborador y vigilante del grupo, tan ambiguo que había jugado desde el principio de esta aventura.

—Sr. Samontana, cabe la posibilidad de que haya que refinar la molécula y en ese caso Eduardo sería de absoluto requerimiento. Es nuestro único químico especialista.

El argumento fue lo bastante convincente como para que Samontana se tomara unos segundos para meditar y encontrar una situación «salomónica».

—Está bien, Eduardo, seguirás con nosotros. Pero comprenderás que no puedo dejar este episodio sin castigo —y se orientó hacia el más alto de los serbios.

—Hanza, o como quiera que te llames, tú que sabes de manipular físicos de personas con diversos fines. ¿Qué podemos romperle sin que se resienta su capacidad laboral?

—Yo diría que las piernas puede ser una buena solución, señor. Romper las dos tibias sería buen mensaje —respondió fríamente con marcado acento del este de Europa.

Fabrizio volvió a oponerse, con cierta moderación en las formas.

—Señor, Eduardo necesitaría una cierta movilidad para sentarse en el ordenador. Con las tibias rotas debería tener las piernas en alto y no podría trabajar eficientemente.

—Muy bien Fabrizio, protejamos un poco más a tu niño. ¿Qué propones?

—Podemos romperle solo los tobillos, señor. Y dejarle que se mueva con un dispositivo como el suyo, por si tiene que trabajar en alguna nueva síntesis. Los tobillos es lo adecuado. ¡Ah! y que las fracturas sean sin desplazamiento. Será lo suficientemente doloroso y habrá aprendido la lección.

Hanza hizo una mueca de desilusión. Eso era apenas una caricia en su mundo de amenaza y tortura.

—¡Válgame Dios, me estás convirtiendo en la Virgen María, Fabrizio! Muy bien, los tobillos y sin desplazamiento. ¡No se hable más! —finalizó Samontana haciendo notar que esa sería su última concesión.

Fabrizio, asintió taciturno. Había hecho lo que había podido.

Samontana dio la impresión de haber disfrutado filosofando sobre el daño humano, el asunto en el que se encontraba más a gusto.

—Nosotros preferiríamos irnos —comentó Amalia de un modo consensuado entre los tres prisioneros restantes.

—Pero yo prefiero que no. Esta lección será de lo más ilustrativa. Es bueno que os quedéis y conozcáis vuestros límites.

Hanza se puso manos a la obra. Se remangó y, acto seguido, levantó en volandas a Eduardo como si fuera un muñeco. Le colocó encima de una mesa vacía dejando los pies de su víctima fuera del borde. A continuación, apoyó todo su descomunal peso sobre los pies de Eduardo e hizo un movimiento brusco. Tras otro movimiento en sentido contrario sonó algo parecido al crujir de la madera. Eduardo gritó con todas sus fuerzas como un cerdo que estuviera siendo degollado. Hanza se paró ahí. De buena gana él hubiera seguido moviendo la articulación rota para hacer necesarias un sinfín de operaciones para volver a andar o, en caso de vivir en una mísera aldea balcánica como las que solía frecuentar en el pasado, quedar cojo para siempre.

El hecho había estremecido al grupo. Amalia empezó a llorar, Beltrán no podía reprimir su cara de odio y Asier…, Asier se quedó mirando hacia abajo. Aquello le superaba y la suspensión del raciocinio era un mecanismo analgésico que llevaba entrenando toda su vida.

Poco a poco, los gritos de Eduardo empezaron a decaer hasta quedarse en un murmullo lastimero.

—Bien Eduardo, bien. Te hemos dado una lección sin mermar tus propiedades intelectuales. Tu cerebro, vista, brazos y manos están perfectos para el trabajo diario. Te llevaremos en una silla de ruedas. Una muy cara —dijo Samontana sin perder la sonrisa.

—¿Puedo saber de qué se ríe, Samontana? —no pudo aguantarse preguntar Luis Beltrán.

—Disculpe, Beltrán, no estoy acostumbrado a que haya una persona sufriendo físicamente más que yo en la misma sala. Déjeme disfrutar un poco más.

Beltrán pensó entonces que quizá la naturaleza había sido justa con Samontana al asignarle su enfermedad genética y que lo adecuado sería dejarle morir de ella, si no fuera porque ellos lo harían antes y por vías menos naturales.

Una vez se quedaron solos de nuevo, pudieron tranquilizarse en parte. Se reunieron los tres que quedaban sanos, porque el problema seguía ahí. El fármaco no funcionaba establemente y, si Samontana se enteraba, el tema de los tobillos habría sido un juego de niños.

—Nuestro mejor compuesto, el único que reconduce la enfermedad, produce una inflamación en primates que, aunque ligera, es suficiente como para no dejarle actuar a medio plazo. ¿Cómo podríamos neutralizarla? —puso en antecedentes Amalia.

De repente, se escuchó una vocecilla lejana que surgía de una de las habitaciones.

—Con el fármaco más conocido del mundo. Algo que vale medio euro el gramo.

Era Eduardo. ¿Habría experimentado una epifanía con la solución al obstáculo a través del dolor, como si fuera un mártir religioso?

—¿Cuál? —incrédulos, preguntaron los tres a la vez.

—Aspirina.

A los tres se les quedó cara de idiota al existir una solución tan sencilla y no verla. Beltrán había recurrido a estrategias similares en el pasado con sus moribundos pacientes para que los fármacos tuvieran efecto. Sin embargo, la situación presente le había hecho perder su equilibrio personal por estrés y perder el centro hace frágil a nuestro pensamiento.

Una semana después se confirmaban las buenas noticias. Luis Beltrán se encargó de comunicárselas a Fabrizio.

—Fabrizio, la señal molecular de división celular está normalizada en los titís. Muestran la tasa de envejecimiento normal de la especie y de un modo estable.

—¿En todos sus órganos?

—En todos sus órganos y tipos celulares analizables.

—Me alegra oír eso.

FASE V

La pregunta era si el tití pigmeo se parecería lo suficiente a Ignacio como para que el sanador efecto del fármaco fuera el mismo. Era irónico que uno de los primates más pequeños sirviera de modelo científico para uno de los humanos más faraónicos. Pero la cosa funcionaba, así que estaban en la situación que más temían. Y efectivamente, así fue. Al día siguiente les presentaron a Joshua.

Joshua era un endeble chaval rubio, con el pelo algo largo y lacio. Llevaba una camiseta holgada, que en algunas partes se ceñía a un torso sin apenas musculación, y unos pantalones raídos con algo de campana que le daban un cierto aire de hippie cuarentón. Su cara era una chocante mezcla de joven imberbe y hombre maduro castigado por una mala vida o trabajos precarios. Aunque ese rictus envejecido no se debía ni a la edad ni a ningún mal hábito de vida. Ni, por supuesto, era merecido. Joshua apenas tenía dieciocho años, pero era el paciente de Henriksen de más edad en España tras Samontana, y uno de los más longevos en el mundo.

—Joshua es huérfano. Ha venido a que le apliquemos un tratamiento novedoso. Mira, estos señores van a ser tu familia —se dirigió Fabrizio a Joshua para conectarle con el grupo.

El joven se movía torpemente y tenía algunas rojeces en la piel que no indicaban nada bueno. Levantó su mano derecha para saludar con notable lentitud.

—Hola chicos.

—Hola, Joshua. Bienvenido —contestaron todos sonriendo.

—Me alegra estar aquí. Ya estaba cansado de vivir en hospitales. Son horribles, creedme. Esto está mucho mejor.

Su voz no era limpia. Hablaba entrecortadamente y se le escuchaban silbidos internos como si su fuelle pulmonar se fuera apagando poco a poco. Bajaba y subía la mirada constantemente mientras hablaba. Transmitía una lucha entre el hartazgo de su enfermedad y la ilusión ante la posibilidad por resolverla.

El grupo le recibió como un hijo. Intentarían protegerle hasta el final de los dos poderosos demonios que habían acudido a devorar su alma, llamados Henriksen y Samontana.

Luis le realizó un análisis preliminar exhaustivo. Los síntomas eran similares a los de Ignacio, aunque ni de lejos llegaría a su edad. Como mucho, a los veinte.

La fundación había fingido la muerte de Joshua, sobornando a su último médico, a un forense y a un par de enfermeros. Su condición de huérfano y desahuciado lo facilitó todo. A él le dijeron que le habían sedado para trasladarle a una clínica especial para intentar curarle definitivamente. Los cuatro tenían la orden de no contarle nada de la verdad, pero... ¿de qué hubiera servido? Además, era mejor que Joshua no estuviera estresado.

Un tití es un primate, pero no es un humano. Y bien sabía Eduardo que el asumir el mismo efecto de un medicamento en otra especie no era baladí. Eran innumerables los pacientes de terapias experimentales que habían acabado con secuelas irreparables, cuando no dentro de una caja de pino, al haberles sido administrados fármacos que funcionaban perfectamente en chimpancés.

Iniciaron el tratamiento. Les sorprendió el mal estado de sus venas. A este chico le habían inyectado cosas todos los días de su vida. Luis tuvo que echar mano de toda su experiencia en medicina terminal para mantenerle a flote. Además del tratamiento de la enfermedad en sí, se le aplicaban toda una serie de cuidados colaterales. Había que cuidarle lo mejor posible o todo el plan estaría comprometido. Empezaban a estar mal de tiempo.

Entre las sesiones del tratamiento, Joshua hablaba con Asier todo lo que su estado le permitía. Compartían algunos gustos musicales y a fin de cuentas nunca había tenido amigos, más allá de alguna enfermera compasiva, con quien mantener las conversaciones triviales que, en el fondo, conforman el lienzo de la vida.

Un día, Joshua se quedó mirando a los maltrechos tobillos de Eduardo.

—Eduardo, ¿qué te ha pasado?

—Me lo hice esquiando.

—Vaya, lo siento. A mí me hubiera encantado esquiar en algún momento. Solo lo he visto por la tele. Para mí, una caída incluso a mucha menos velocidad podría matarme.

—Algún día esquiarás, Joshua.

Y se quedó dormido sonriendo con ese pensamiento en mente.

El tratamiento afectaba mucho a Joshua. Las rojeces se exacerbaron al principio, pero finalmente lograron neutralizarlas. Además, el calor humano que nunca había recibido le ayudó a superar los efectos secundarios de la medicación.

Los análisis del joven empezaron a dar valores impensables semanas antes. El tratamiento funcionaba con Joshua. A las pocas semanas de empezar, no quedaba ni rastro de los marcadores fisiológicos de la enfermedad. Una vez ajustadas las dosis del fármaco F9751-B y de aspirina, se reproducían perfectamente los efectos observados en los titís pigmeos, excepto por un pequeño retraso en la respuesta debido al metabolismo humano, algo más lento que el del pequeño primate.

Joshua no podía creer lo que le pasaba. Podía andar sin problemas, respirar sin dificultades y comer un sinfín de cosas riquísimas frente a las que antes mostraba terribles intolerancias. Pero incluso mejor era el vínculo personal que había desarrollado con los cuatro investigadores. Éstos habían ejercido de padres y hermanos. Fuera del opresivo ambiente de los hospitales convencionales, Joshua sintió que, si hubiera podido confeccionar su paraíso, hubiera sido exactamente la vida que vivía en ese momento.

Un día Samontana bajó al centro de desarrollo de su sótano para encontrarse con todos. Como siempre, su séquito le acompañaba. Los resultados de los últimos análisis fueron leídos en alto por Luis. La capacidad pulmonar de Joshua había aumentado, sus análisis de sangre eran fantásticos, su médula ósea estaba normalizada...

—¿Qué tal te encuentras, Joshua? —se dirigió a él Samontana con una actitud cariñosa desconocida en él.

—Mejor que en toda mi vida, por fin soy un chico normal.

—¿Puedes imaginarte un momento mejor que este?

—No, Señor Samontana. Estoy curado y rodeado de mis mejores amigos. Quería darle las gracias por esta nueva oportunidad que me concede la vida.

—Gracias a ti, Joshua.

Y Samontana empezó a aplaudir, al que se unió Fabrizio y el grupo entero.

—Bien. Damos entonces por acabada esta fase —continuó Samontana. Acto seguido, el serbio Hanza sacó una pistola y disparó a Joshua en la nuca.

Se hizo un total silencio envuelto en la estupefacción en los investigadores. La estancia había quedado literalmente bañada en sangre con el cadáver de Joshua boca abajo. Luis intentaba que su cordura aflorara y le rescatara de la situación. Incluso él, que había visto morir a tanta gente, no estaba preparado para asumir una ruptura así de radical con la vida sino más bien pacientes apagándose poco a poco.

—No me miréis así, ni se ha enterado. Le hemos dado a Joshua una muerte digna y en plenitud en lugar del año agónico que le quedaba por vivir —justificaba Ignacio su decisión con indisimulada torpeza.

—Eres un maldito monstruo, Ignacio. Teníamos la esperanza de que no ibas a llegar tan lejos.

—Como dije, el objetivo es uno y solo uno: yo curado. Lo demás es solo una etapa del camino. Mi camino. Mañana empezamos con mi tratamiento.

Y se marchó rodeado de su guardia pretoriana.

Un apesadumbrado Fabrizio hizo de tripas corazón para dirigirse al grupo.

—Preparadlo todo. Mañana nos reuniremos para ultimar los detalles del tratamiento de Ignacio a las siete en punto de la mañana. Como siempre.

FASE VI

A la hora indicada el grupo se reunió. Se encontraban en su momento anímico más bajo desde que llegaron, lo cual ya era mucho decir. Calcularon las dosis y tiempos del tratamiento para Samontana con actitud robótica, sin mostrar ningún tipo de implicación. El asesinato de Joshua les había superado. Se sentían como ex-personas que hubieran sido desposeídas de todo rasgo emocional. Todo era demasiado duro como para sentir. Fabrizio trató que la cosa se hiciera bien. Con o sin ganas.

Samontana se encontraba en una habitación situada en la parte superior de la casa, recostado sobre una camilla. El devenir de su propia existencia estaba en juego. Había invertido mucho en esto, todo lo que hubiera hecho falta. Tenía la firme convicción de que al final saldría bien, como siempre. Fabrizio apareció en la sala con la dosis de fármaco calculada para ese día. Ignacio se incorporó parcialmente para recibir la primera inyección, a la que reaccionó con éxtasis chamánico. Empezaba el camino de su salvación.

Respiró profundamente mirando al techo y cerró los ojos. Rápidamente se quedó dormido.

El tratamiento continuó los siguientes días con cantidades crecientes de la droga mágica hasta llegar a la concentración adecuada en sangre. El millonario experimentaba los efectos secundarios iniciales. Tenía tantos picores y dolores que requirieron la aplicación de más cantidad de antiinflamatorios que ningún otro sujeto en el que se hubiera probado el fármaco.

El equipo científico prisionero recibía las muestras del enfermo para monitorizar el avance, pero no podían ver directamente a Samontana. En ellas podían intuir las incomodidades que estaba sufriendo el millonario, pero no podían regocijarse porque sin duda Samontana se encontraba en la antesala de su curación. Era evidente que el fármaco estaba actuando correctamente. Nunca un éxito de tal magnitud fue observado con tanta tristeza por unos investigadores. Era la derrota dentro de la victoria. Estaban reviviendo a la encarnación del mal en la tierra con una total incertidumbre sobre lo que pasaría después.

Los dolores aumentaban. Ignacio Samontana había sufrido la enfermedad durante una mayor extensión temporal que Joshua, y su cuerpo estaba más deformado. Pero cada día cambiaba un poco físicamente. Su maltrecho esqueleto se estaba reeducando como un viejo árbol torcido que estuviera siendo reconducido con bridas. Vomitaba a menudo y expulsaba substancias amarillentas y otros colores extraños por todas las salidas de su cuerpo. Sus órganos estaban volviendo a la vida y sus sistemas vascular y linfático empezaban a llegar a todas partes recogiendo todos los desechos acumulados durante años. Su crisis curativa llegó a tal punto que Fabrizio llegó a temer que se intoxicara con su propia inmundicia, por lo que se tomó muy en serio que su paciente liberara las toxinas rápida y eficazmente.

Todo pasó unas semanas después. Ignacio pudo entonces iniciar sesiones de rehabilitación y entrenamiento físico. Cualquier cosa. Yoga, pesas, pilates, artes marciales… todo lo que había deseado practicar durante su existencia sin haber podido hacerlo. Las muestras extraídas del físico de Ignacio ya eran las esperables de una persona joven, por primera vez en su vida. Poco a poco iba aparentando su verdadera edad y adoptando un aspecto erguido. El tono de su piel, casi verduzco poco tiempo antes, se había tornado en un rosáceo similar al de un leñador en plena forma. Fabrizio no era una persona de carácter alegre, pero empezó a mostrar una cierta imagen de satisfacción por haber dirigido con éxito un proyecto tan complejo.

FASE VII

Los investigadores eran conscientes de que su trabajo había finalizado. Eso significaba que el desenlace de este desagradable episodio se acercaba. No tardaron mucho en reunirles. Fue en el salón en el que se conocieron, aquél en el que los cuatro se maravillaban del lujo que les rodeaba casi dos años atrás. Aquella tarde de Navidad funcionaba como la frontera temporal con su vida anterior. Desde entonces no habían atravesado el umbral de la pesada puerta que limitaba su futurista laboratorio. Allí estaban todos. Ignacio Samontana mostraba una sonrisa de oreja a oreja vestido con un caro traje hecho a su nueva medida. Se le veía tan seguro físicamente como si fuera un presentador de televisión de máxima audiencia. Una vez posicionados todos en semicírculo respecto a él, no tardó en tomar la palabra.

—Fabrizio me ha hecho todas las pruebas necesarias. Enhorabuena. Me habéis curado. Vuestro ego científico ha resultado ser de lo más productivo y vuestras ganas de vivir no le han andado a la zaga.

Las caras de los cuatro atrapados expresaban una lapidaria apatía.

—En una palabra, habéis cumplido. Sin embargo…

—Sin embargo, no nos va a liberar —terminó rápidamente la frase Luis Beltrán.

—No puedo, mi resuelto amigo —respondió Samontana intentando forzar una mueca de pena.

—Pero os mantendremos aquí un tiempo por si me hacéis falta. Fabrizio dice que en mi estado actual viviré al menos otros diez años en plenitud. Hasta entonces tendremos tiempo de sobra para encontrar soluciones definitivas mediante métodos, digamos…, más convencionales, antes de que alguien empiece a sospechar que hemos hecho algo un poco secreto. Ahora tengo la oportunidad de hacerlo mejor. Yo también he aprendido mucho de esto.

—Sí, ahora sabe cómo puede ser aún más hijo de puta que antes —replicó Beltrán con una obvia impresión de no tener ya nada que perder.

—Es una interpretación pueril pero, en tu idioma, así es, Luis.

—Samontana, ha hecho usted un buen trabajo de financiación. Esto funciona. Libere al menos la cura para la humanidad. Mucho de lo logrado se podría además trasladar a otras enfermedades semejantes —insistió Beltrán en un último intento de sacar algo en positivo de su cautiverio.

—La verdad es que no tengo ninguna intención de divulgar la cura. Sólo quería salvarme yo. ¿Cómo os creéis que he llegado a ser multimillonario, por solidaridad? Estoy en contra de la filantropía incluso cuando me reporta beneficios fiscales o mejora mi imagen respecto al público. Ayudar a una panda de vagos es inaceptable, por principios.

Luis Beltrán se dirigió entonces al director de la fundación.

—¿Por qué hace esto, Fabrizio? ¿Por qué es cómplice de esta infamia? No parece usted un mal hombre.

Fabrizio adoptó entonces una expresión de colapso, incubada durante años, y explotó en progresión subiendo el volumen de su voz hasta casi el grito.

—Por el sueldo. Por la valoración de mi trabajo. Porque estaba harto de vivir en la miseria científica mendigando subvenciones y adjudicación de personal. Por eso decidí unirme al dinero del acero, de lo superfluo, de lo práctico… La salud de la población empezó a darme igual cuando entendí que los que iban a recibir los resultados de mi esfuerzo eran los mismos que votaban a los políticos que me ninguneaban una y otra vez. Por eso vendí mi alma al diablo.

Su contestación ahondó en la depresión en la que ya se encontraban sumidos los cuatro secuestrados. Quizá no fuera para tanto, pero, indudablemente, entendieron hasta un punto su argumentación.

Samontana, en cambio, empezó a aplaudir a plena carcajada.

—Bueno, bueno, bueno... ja, ja, ja, Fabrizio, así se habla. En esta vida, solo el diablo merece la pena. Gracias por apostar por el bando correcto —el robusto chorro de voz que era capaz de modular su recuperada faringe con el aire propulsado desde unos pulmones perfectamente sanos hacía que Samontana fuera aún más aterrador que cuando todo su físico estaba aletargado.

—Da igual que esté curado y sea rico. Usted está loco y de eso no se salvará —replicó Luis Beltrán al millonario.

—Puede ser, pero, desgraciadamente para ti, los locos proactivos tenemos el deber de dirigir esta sociedad de cuerdos irrelevantes.

Tras escuchar esto, Luis se aproximó a uno de los serbios y con un movimiento rápido consiguió arrebatarle la pistola. Apuntó a la cabeza a Samontana con una habilidad que solo alguien en una situación límite puede conseguir. Sabía utilizarla perfectamente, pero una cosa era haber hecho prácticas de tiro y otra disparar a una persona de carne y hueso. Tenía su objetivo a apenas dos metros.

Samontana se quedó tan perplejo ante la situación que fue incapaz de reaccionar, pero rápidamente fue recuperando su maliciosa sonrisa.

—Ja, ja, ja. Lo ve, doctor, usted no vale para esto. Usted salva vidas, no las quita. Deje eso a los profesionales de la muerte.

El serbio del que Beltrán había obtenido la pistola no se limitó a recuperar su arma, sino que con ello rompió la muñeca a Luis, lo que dejó postrado momentáneamente al doctor. El robo de su arma había sido un golpe bajo en el orgullo de todo un baluarte de la seguridad como él, y el osado que lo hizo debía pagar la ofensa con intereses.

Y cuando todos se estaban fijando en la muñeca rota de Luis, ocurrió lo inimaginable. Una figura se abalanzó desde la sombra sobre Samontana por detrás y, esta vez sí, le clavo un objeto en el cuello. Samontana cayó al suelo con aplomo. La escena dejó inmovilizado a todo el mundo por unos instantes. Había sido Asier.

El joven había conseguido sacar un bisturí del laboratorio y a ningún escolta se le había ocurrido registrarle al considerarle un pusilánime patológico. Uno de los serbios sujetó la cabeza de Ignacio intentando recordar cómo salvaban a la gente en la guerra de heridas así. Pero no había solución. Tenía totalmente seccionada la yugular y la sangre salía a chorros. No tardó en morir más de 30 segundos. Su última mirada delataba incredulidad. Él, que estaba destinado a ser el dueño del país, en un instante sería parte del pasado. Asier había curado primero a Samontana del Henriksen y luego había curado a la humanidad de Samontana.

A pesar del terrible dolor en la muñeca, Luis Beltrán fue consciente de que era la primera vez que se alegraba de la visita de la muerte, él que la había visto tantas veces llegar para arrebatarle a sus pacientes. Tras esos segundos de shock, Fabrizio tomó las riendas de la situación.

—Subid las compuertas de la casa, que se vayan.

Los serbios obedecieron y rápidamente se prepararon para marcharse. Se mantuvieron con Samontana hasta su último momento de vida, como buenos mercenarios contratados al servicio de su pagador. Cuando le vieron curado, pensaron que tendrían trabajo para muchos años, pero ahora les tocaba buscar un nuevo empleo. Quizá fuera proteger a algún otro rico, quizá un mafioso. Otra vez les tocaba moverse, como cuando acababa una batalla en la guerra de los Balcanes. Antes de partir, le dieron varias patadas al cuerpo inerte de Samontana, a cuenta del mal trato personal que habían recibido de él. Luego dijeron algo ininteligible en su lengua materna a Asier y escupieron al suelo, maldiciendo haberles fastidiado un gran sueldo fijo.

Fabrizio se quedó entonces mirando al cadáver.

—Ignacio, al final te moriste el día que más sano estabas en toda tu vida y no hecho un maldito viejo prematuro. Ha sido nuestra última victoria. Toca el final de mi majestuoso trayecto por el infierno, que siempre fue mejor que haberme arrastrado por el purgatorio de la mediocridad.

Se agachó a coger una de las pistolas que los serbios habían dejado tiradas por el suelo y, acto seguido, se pegó un tiro en la sien.

En cuanto se abrió la puerta principal, Asier salió el primero al exterior para liberarse. Hacía tanto frío como el día que llegaron. Tomó una gran bocanada de aire helado que fue como una bofetada después de haber vivido dos años con la temperatura y humedad controlada. Rápidamente vomitó. Amalia salió de la mansión poco después, seguida de sus dos maltrechos compañeros. Intentó llegar a él para ayudarle a incorporarse, pero solo pudo ver cómo Asier corría presa del pánico de sí mismo, y se adentraba en el bosque inclinado y totalmente nevado.

—¡Asier, espera!

Habían pasado 24 horas desde entonces.

Asier seguía corriendo a través del bosque y cuesta abajo. Se iba tropezando continuamente. Las ramas partidas por el peso de la nieve se tornaban en estacas que suponían una amenaza mortal que apenas podía esquivar. No había comido ni descansado nada, y se había caído tantas veces que estaba lleno de magulladuras. Ninguna herida era seria en sí misma, pero todas en su conjunto le habían dejado casi incapacitado para seguir. Solo la inercia de su huida del horror pasado le mantenía corriendo con un insoportable jadeo y la mirada perdida.

Tras apartar las ramas de un abeto, encontró una especie de camino en el que se hallaba un agente de la guardia civil. El agente le sostuvo mientras Asier intentaba abrazarse a él casi sin aliento.

—He matado a un hombre.

—Lo sabemos todo, Asier. Tranquilo. Todo va a salir bien.

FIN DE LA FASE VII

Han pasado seis meses desde aquello y la escena del hospital entre el doctor y la madre continúa su curso. El doctor se quita las gafas. No tiene una buena noticia.

—Me temo que su hija tiene la enfermedad de Henriksen.

—¿Es muy grave? —pregunta la madre con apenas un hilo de voz.

—Señora, lo es.

La madre se echa a llorar.

El doctor esboza una ligera sonrisa, tranquilizadora.

—Hasta hace poco era mortal, pero ahora hay una cura.

3. El anciano y la chica morena

—¿Te importa si me siento contigo? No hay ningún otro sitio libre en todo el pub.

Le sonó extraño al principio pero, tras una breve mirada a aquel individuo. decidió aceptar.

—Naturalmente, señor.

El hombre mayor se sentó entonces en la misma mesa que él, bastante más joven, apenas más allá de la veintena.

—Vaya, hace un tiempo de perros ahí fuera. No te molestaré, ¿verdad, chico? —se aseguró educadamente el recién llegado.

—Claro que no. Vengo de la gran ciudad, pero supongo que ese es precisamente el atractivo de los sitios pequeños, que todo el mundo pueda conocerse.

—Y dime, ¿qué te trae por aquí, hijo? —dijo el anciano mientras acababa de acomodarse tras haberse quitado su abrigo.

—Me acabo de instalar aquí en Galmoy. Soy uno de los ingenieros de la empresa de explotación minera de zinc de la ciudad. De hecho, este es mi primer gran trabajo. Me licencié hace solo un mes en Dublín.

—Vaya, eso sí que es una gran noticia. Digo yo que habrá que celebrarlo pues con unas cervezas.

Podía palparse el recogimiento que ofrecía el ambiente del pub en el que se encontraban, un modelo de ocio tan acogedor que Irlanda lo había exportado con éxito al mundo entero.

El viejo se levantó y trajo dos pintas a la mesa.

—¿A quién miras, chico?

—Bueno, no lo considere una falta de respeto, pero hay una chica bastante atractiva allí, cerca de la barra.

—Por supuesto que es atractiva.

—¿Cómo lo sabe? Ni siquiera la ha mirado.

—Es una gran morena.

—Sí, es morena. Tiene usted un radar. Se nota que es perro viejo —dijo el joven soltando una gran carcajada.

Tras lo cual, añadió:

—¡Oh, Dios mío! Disimule. Ella está mirando hacia aquí.

—Vaya, creo que le has gustado, chaval.

El joven adoptó una sonrisa algo bobalicona.

—Siento decepcionarte, pero no soy tan experimentado —respondió el hombre mayor— de hecho, salgo muy poco a beber fuera de casa y, cuando lo hago, es por nostalgia. Me casé joven.

—¿Qué hace entonces los fines de semana?

—Escribo, pinto… intento relajarme y meditar sobre mi vida.

—Su vida no ha sido fácil, ¿verdad?

El hombre mayor suspiró con una sonrisa forzada, acentuando sus arrugas en toda la cara. Si no fuera por las gafas y el gorro que casi le ocultaban, le hubiera parecido aún más viejo.

—Pocas vidas son fáciles. Algunas son particularmente difíciles.

El joven meditó sobre esa respuesta, pero su vejiga decidió pedir paso prioritario. Y, en esos casos, es mejor obedecerla.

—Me temo que debo ir al baño, caballero. Ahora vuelvo.

La chica morena de la barra aprovechó para mirarle de reojo indisimulado, haciéndose notar. El joven recibió el mensaje, al que solo le faltaba un letrero de neón.

Llegó al servicio y se enfrentó al urinario, ese tiempo muerto en el que se suspende por un momento la ferviente actividad de la noche y se pueden planear estrategias para los momentos que vienen. El joven pensó para sus adentros: «Qué curioso personaje este hombre, pero ¡por Dios!, debería estar ligando ahora mismo con esa morenaza. ¿Qué hago hablando con este tipo? Es viernes por la noche. Es tiempo de ir de caza ahora que, por fin, soy ingeniero. Ahora tengo algo que ofrecer. Tengo un buen sueldo. Ya toca recoger los frutos de mi esfuerzo después de tantos años mendigando cariño a las chicas sin poder ofrecer seguridad económica a ninguna de ellas por culpa de mi raquítica beca de estudios».

Se miró rápidamente al espejo para asegurarse de que todo estaba bien mientras se lavaba las manos. Por alguna razón, se vio distinto. Como si fuera el personaje de alguna novela.

Cuando volvió a la mesa se encontró con otras dos pintas recién traídas por su curioso acompañante. Aquello retrasaba sus planes, aunque intentó disimular.

—Me tocaba invitar a mí. Puedo permitírmelo.

—No te preocupes. No están pagadas todavía. Aquí es tradición hacerlo después de beber.

Mientras daba buena cuenta de la cerveza, el joven solo pensaba en ligarse a la morena. El alcohol empezaba a hacer mella en él haciendo que su visión fuera menos periférica. Se sinceró con su contertulio.

—Creo que voy a decirle algo a esa chica.

—¿Puedo darte un consejo? Y no te preocupes, opino que la gente mayor debería dar solo uno y pensarlo muy bien. Sin agobiar. No se trata de interferir en el devenir de los jóvenes.

—Es usted lo bastante coherente y mayor como para merecer dar consejos. Dispare.

Éste le miró a los ojos y le dijo lentamente:

—Hay algo en lo que no puedes equivocarte en la vida y es en la elección de la persona con la que compartirás tu existencia, porque será el molde en el que se forje tu destino.

La calidez y el olor a madera añeja regada con cerveza que reinaba en el pub dotaron de un aire casi sobrenatural a esas palabras. El joven, impactado, se quedó pensativo unos segundos.

—Desde luego que uno no puede equivocarse en eso. Vaya, es un gran consejo. Aún me toca divertirme por unos años, pero prometo aplicarlo en su momento.

—Me temo que nunca se sabe cuándo se va a acabar la diversión.

—Usted ha tenido mala suerte con las mujeres, ¿verdad?

El anciano hizo ademán de mirar hacia la barra, pero se retractó. Miró hacia el suelo en su lugar.

—No sabes cuánto, chico. Por eso sé de la importancia de mi consejo. Es más, casi lo elevaría a la categoría de mandamiento.

—Desde luego que hay que acertar con la persona pero, bueno, es algo que no se puede elegir.

—Se puede. Pero cuando se sabe cómo hacerlo es demasiado tarde. Es la gran ironía de la vida, los actos que determinan nuestro futuro y la adquisición de la sabiduría para guiarlos no coinciden en el tiempo.

El joven apreciaba la lógica de lo que escuchaba. Una lógica que hasta ahora sólo había aplicado a sus estudios y a su incipiente experiencia laboral, pero nunca al resto de su vida y menos aún a la jocosa vida que se desarrolla en un pub. Pensó que, por el peso de lo que decía, el viejo merecía un trato correcto, pero también que estaba perdiendo la oportunidad de practicar sexo con una mujer con aspecto de diosa.

—Los gestos de la morena son cada vez más evidentes. Debo ir.

—Espera un poco más.

—Amigo, he disfrutado de su conversación, pero creo que tendríamos que ir ya separando nuestros caminos.

—Debería decirte que no te imaginas lo que me ha costado llegar aquí hoy, quizá por última vez. Hoy es un día especial.

—No sea usted tan radical, señor. Mañana se levantará con dolor de cabeza por el alcohol, como mucho. Eso es todo —comentó el joven riendo por la ocurrencia.

El viejo también sonrió.

—No, me temo que no. Pero no te preocupes. Tampoco se perderá tanto.

—Es usted un fantasioso. Ya me habían avisado de la gente de aquí. Simpáticos y afables, pero presa de leyendas y supersticiones.

—Es bueno que pienses eso. Solo quería que lo supieras.

—Vaya, debo ir de nuevo al servicio. La cerveza que entra debe salir. El joven volvió a recapacitar en el baño.

«Pero ¿quién demonios es este hombre? ¿En serio hace falta tanta filosofía en un pub? ¿Por qué no se quita ese gorro y esas gafas tintadas? Empieza a parecerme siniestro con ese aspecto y esas frases lapidarias. Me estremecen un poco esa barba blanca y esas arrugas. Desde luego que parece castigado por la vida».

La música celta de ambiente se continuaba escuchando en el baño. Aunque al estar apantallada y algo distorsionada por las paredes y la puerta, hacía las veces de banda sonora de su conflicto mental. Esos pensamientos duraron lo que duró la micción… o puede que un poco más contando con la última mirada fugaz al espejo.

Recorrió deslumbrado de vuelta el pasillo que conectaba el baño con la sala principal del pub, como si atravesara un túnel de luz. Por primera vez, la música adquirió un tono eclesiástico, casi místico. Pensó que la cerveza le estaba afectando ya demasiado, pero todo ese estado alterado de conciencia se rompió en cuanto cruzó la puerta que le llevaba de nuevo al bar. El gentío superficial arreció de nuevo de golpe. «Vaya. No puedo localizar al anciano. Ni a la chica. Solo hay gente anónima disfrutando de la noche», pensó decepcionado.

A la vista de que ya estaba solo, la noche quizá tocaba a su fin. El viejo y la mujer morena con los que había formado un triángulo existencial en la última hora y media se habían desvanecido. «Al final la jugada del viejo parece que era beber gratis, aunque al menos he pasado el rato. Aunque aquel consejo…», pensó. Se acercó a la barra para abonar las consumiciones. Estaba sacando un billete de la cartera cuando el camarero le contuvo:

—No hace falta. Su amigo ya ha pagado.

—¿Mi amigo? No, no nos conocemos. Solo éramos dos extraños charlando. ¿Nunca le había visto por aquí?

—No, era la primera vez.

—Pensé que éste era un sitio pequeño donde todo el mundo se conocía.

—Y así es, pero nunca había visto a ese hombre.

El camarero se quedó mirando al joven y no se pudo reprimir a preguntarle:

—¿En serio no son ustedes ni siquiera del mismo equipo deportivo o la misma organización? Entiéndame, no quiero meterme en sus asuntos.

—No, ¿por qué lo dice?

—Porque al ir a pagar he visto que ambos tienen el mismo tatuaje en la muñeca. Ese símbolo.

—Imposible, es un símbolo personal. Lo diseñó exclusivamente para mí un amigo mío, estudiante de bellas artes.

—Le digo que era exactamente el mismo tatuaje. Me ha llamado la atención y lo he mirado muy bien. Solo había una diferencia.

—¿Cuál?

—El de él estaba atravesado por cicatrices. Ese hombre había intentado suicidarse cortándose las venas de las muñecas.

—¡Oh, Dios mío! ¿Está usted seguro?

—Oiga, llevo trabajando de camarero aquí hace más de veinticinco años. Me fijo en esas cosas.

—Por cierto, ¿ha visto a la chica morena que estaba justo aquí? —El camarero hizo un gesto algo austero.

—Sí, pero se fue enfadada hace un par de minutos.

El joven hizo una mueca de contrariedad. Definitivamente, su noche de placer se había ido al garete.

—Pero aléjese de ella. Es el tipo de mujer que le puede hundir la vida a alguien. Lleva tiempo buscando a algún ingeniero de la empresa de minería para que la saque de aquí. No es trigo limpio.

Esas palabras acabaron de dejarle hundido en la confusión.

—El anciano ha pagado, pero dijo que tú le habías dado el dinero. Además, ha invitado a otra persona en tu nombre. Y así se lo hice saber.

Una chica rubia se acercó.

—Muchas gracias por invitarme ¿Cómo te llamas?

El joven salió corriendo, quizá pudiera alcanzar al viejo y que le explicara todo aquello. Abrió la puerta del pub y avanzó unos metros, pero solo pudo ver unas pisadas sobre la nieve que, repentinamente, desaparecían sin dejar rastro. Era como si hubieran sido substituidas por otras pisadas, en otro camino. El joven se dio la vuelta y vio que la chica rubia le esperaba en la puerta del pub.

4. Homeostasis

Ningún árbol puede crecer hasta el cielo a
menos que sus raíces lleguen al infierno.
Carl Gustav Jung

Cuando rememoro mi primer viaje a París, puedo recordar que yo también tuve una visión inocente de la vida. Era 1921 y el mundo intentaba recuperarse de la gran guerra. En mi propio caso, era mi primera visita a la capital lo que había conseguido inyectarme un cierto entusiasmo. Había tomado el tren directo que existía hasta la ciudad de las luces desde Clermont-Ferrand, la población mediana en el centro de Francia en la que vivía.

El recorrido era largo, así que me permití crear ciertos vínculos con los viajeros con los que compartía habitáculo. Me aventuré incluso a imaginar sus vidas y las razones de su viaje. Por ejemplo, la señora de dulce y melancólica mirada situada al lado de la puerta que daba al pasillo seguramente iría a visitar a un hijo. A estas alturas de su vida, pensé que solo la reconfortaría el bienestar de los suyos, esquivando los pozos de la tentación en los que habría visto caer a tantos hombres. Junto a ella se encontraba un joven de aspecto campesino, a juzgar por el desgaste prematuro de sus manos y las incipientes arrugas faciales con el sello inconfundible del sol. Quizá había decidido, por fin, dejar el campo para emprender el camino de la industria, escuchando los cantos de sirena de otros muchos que lo hicieron antes. Al lado de la ventana, se encontraba una chica de ojos limpios y un coqueto gorro de lana que se asustaba cada vez que el tren traqueteaba un poco de más. Ella estaría deseando encontrar al hombre de su vida para formar una familia.

Y entre todos ellos me encontraba yo mismo con mi propia aventura, Pierre Guyon, un antropólogo de provincias recién doctorado que acudía a su primer congreso nacional. Era el primer paso importante de mi incipiente carrera. Sentí que entré en fase con mis compañeros de viaje, con los que compartía esperanzas de futuro, cruzando miradas apenas sostenidas por un segundo y todo un lenguaje no verbal de aprobación mutua. Quería pensar que eran «mi gente» pero algo dentro de mí se rebelaba contra esta idea. Una voz interna insistía sin descanso en que yo era alguien especial. Era un sentimiento de *prima donna* que aborrecía y contra el que llevaba luchando toda mi vida. Ese rasgo emocional tenía que reprochárselo al exceso de celo protector de mis padres, quienes habían engordado mi ego a conciencia al decirme repetidamente que yo sería una persona importante.

Aunque quizá no estuviesen tan equivocados… Acabábamos de parar en Auxerre cuando apareció «él». El mismísimo Ludovique Lungard había subido al tren y entrado en mi compartimento. Era el neurocirujano más famoso de la época y la principal razón por la que yo, extralimitando nuestro pírrico presupuesto, había decidido suspender por unos días mi tranquila vida en la Universidad de Auvergne para participar en este congreso. Yo había quedado prendado de su trabajo cuando, oculto entre la masa del público, asistí a una de sus ponencias en nuestra institución.

El trabajo del doctor Lungard, un adelantado a su tiempo, estaba dedicado al funcionamiento modular del cerebro y su influencia en el comportamiento humano. Había cartografiado las actividades específicas de cada zona del órgano rey y su orquestación dentro de lo que en última instancia llamamos «personalidad». La destitución, gracias a sus descubrimientos, de los paradigmas que habían permanecido en vigor dentro del campo durante las últimas décadas le había granjeado no pocos odios y envidias. Odios de ciertos individuos a los que no les gusta que les toquen los dogmas, por muy lejos que estén de la verdad, y se convierten en barricadas humanas que paralizan el avance de nuestra especie. Nadie podía evitar, sin embargo, que Lungard estuviera llamado a liderar la pujante comunidad científica francesa en el período de paz que se avecinaba. Este neurocirujano simbolizaba el progreso francés frente a la degeneración de las acciones militares que habían teñido de sangre lo que llevábamos de siglo XX. De hecho, yo había utilizado gran parte de sus resultados y teorías en mi reciente tesis doctoral, focalizada en el refinamiento evolutivo del primitivo cerebro primate hasta la maravilla orgánica de la que disfrutamos los actuales *Homo sapiens*.

Obviamente, su repentina presencia me dejó confundido. Era algo difícil de explicar dado que una celebridad como él no necesitaría viajar en tren por disponer de vehículo particular junto al hecho de que Lungard ya residía en París y no tenía, por tanto, necesidad de viajar para llegar al congreso. Se sentó en el asiento situado justo enfrente de mí. Era relativamente joven, no tendría más de cuarenta años, para su demoledor prestigio. Tenía pelo rubio oscuro con un corte elegante, pero sin estridencias. La piel de la cara y manos indicaba una vida, aunque bien aprovechada, sin excesos. Mostraba una apariencia cómodamente sobria en su conjunto. Mientras asumía la situación, intentaba fijar la vista en el paisaje. Para mí era un ídolo y me aterrorizaba importunarle. Por eso, el modo en el que inició una conversación conmigo casi acabó por dejarme en estado de shock.

—Hola Pierre, ¿estás disfrutando del viaje? La campiña está preciosa en esta época del año.

—La verdad es que sí, doctor Lundgard —respondí consiguiendo no tartamudear y llamándole por su nombre. No tenía sentido disimular que no conocía su identidad dadas las repentinas circunstancias.

—Has sido muy valiente al venir al congreso. Sé que no nadáis en la abundancia así que debes de tener algo realmente importante que contarnos.

—Bueno, hablo dentro de una corta sesión dedicada a la evolución en una de las salas pequeñas. Nada importante — argumenté intentando quitarme presión para que no me devastara en el acto con algún razonamiento fuera de mi alcance.

—Si está bien hecho, todo es importante, Pierre. Y me consta que es así.

Mi impacto estaba justificado puesto que él no me conocía personalmente y dudo que mi fotografía hubiera sido publicada jamás en ninguno de los escasos medios de comunicación con imágenes de aquella época. La conversación continuó. A pesar de que yo no era médico, sino un desconocido antropólogo, Ludovique parecía saber perfectamente cada detalle de mi carrera, lo que le daba un tono aún más sobrenatural a la situación. Por supuesto que yo también conocía la suya, pero eso era concebible ya que él era un referente en mi campo.

Ambos nos hacíamos preguntas para aclarar algunos puntos de los trabajos del otro y añadíamos comentarios al respecto. Nuestro diálogo se conjugó con el hipnótico vaivén del tren. A veces sus palabras se tornaban poco adecuadas para lo esperable en un hombre de ciencia y rozaban la mística, lo que en un principio me extrañó. Sin embargo, poco después decidí aceptar el reto, librarme del ceñido corsé del escepticismo y batirme con él en duelo cognitivo. Más importante que la veracidad de las conclusiones, era la compleja lógica de los razonamientos que nos llevaba hasta ellas. Llegamos a un punto en el que nos habíamos introducido en una burbuja con un muro invisible entre nosotros y nuestros compañeros de cabina, que nos miraban como si manejásemos un lenguaje indescifrable.

La oratoria de Lungard ejercía sobre mí una exótica fascinación. Suponía una vuelta de tuerca por encima de lo común de lo humano. La frescura de cada una de sus frases me inducía a un estado de euforia al proporcionar atajos imposibles a aquello a lo que no se tiene acceso salvo en décadas de duro trabajo en un polvoriento despacho. Sobre el tono débilmente azulado de sus ojos se superponía una especie de emisión blanca, casi subliminal, que parecía partir del núcleo de la existencia humana. El Dr. Ludgard no sólo estudiaba el cerebro, sino que parecía haber absorbido todo su potencial. Más allá de su titánico trabajo, su magnética influencia removía la herencia de los ancestros más profundos. Su manera de fusionar intelecto e instinto hacían de él todo un animal existencial, un depredador del conocimiento que buscaba retos que la ciencia aún ni se había atrevido a plantear.

Finalmente, el tren empezó a detenerse. Habíamos llegado a París. Nos despedimos brevemente y deseamos suerte en nuestras respectivas ponencias. Ambos reconocimos el placer que nos había producido el encuentro, que asimilé como una fenomenal casualidad. Sin duda volveríamos a encontrarnos en alguno de los cinco días que duraba el evento. Estaba deseando escuchar su intervención en el congreso, una de las más esperadas, la de la ceremonia de clausura. Sería, sin duda, el mejor colofón posible para un encuentro dedicado a la vanguardia del órgano que atesora a la mente en sus complejas redes celulares.

Enfrentarme al gentío de la estación me arrancó del estado de gracia en el que había existido durante las tres últimas horas. Aunque yo ya era otra persona, porque había accedido a un nivel de realidad que previamente ignoraba. No había vuelta atrás. Caminé hasta la pensión Penuse, en la que había alquilado una habitación para mi estancia, utilizando un pequeño mapa. La habitación resultó ser modesta pero limpia. Sin duda, lo mejor a lo que podía acceder dado mi presupuesto de cinco francos por día. Este sería mi pequeño lugar de reposo al servicio tanto de mi objetivo original —prepararme para mi ponencia— como del que había emergido de la nada: reforzar mis influencias a través de mi inesperado nuevo contacto. Me sentía como un niño que de repente estaba jugando en el grupo de los mayores. Aunque eso sería mañana. Ya se había hecho tarde y apenas tuve tiempo para tomar un pequeño tentempié en un lugar cercano y volver a la habitación para acostarme. Habían sido muchas horas de intenso viaje y dormir bien era obligado.

Me desperté al amanecer. La ciudad empezaba a desperezarse con los primeros movimientos de sus trabajadores, algo que es especialmente notorio cuando uno está hospedado céntricamente y todo el flujo de actividad entra por la ventana sin pedir permiso. El olor de mi habitación era amaderado. No era en absoluto desagradable, ya que estaba admirablemente limpia, pero era perceptible que cientos de huéspedes habían pasado por ella antes. Me lavé y arreglé. Tenía mucho trabajo por delante y quería hacerlo bien. Me observé elegante en el gran espejo de cuerpo entero que había junto a la puerta. Estaba cumpliendo los rituales para cimentar un buen día así que me sentí bien. Tomé el tranvía hasta el congreso. No eran muchas estaciones y el hecho de tener ciertos nervios hizo que el trayecto pareciera aún más corto. El lugar elegido para mi disertación era una apartada sala y formaba parte de una sesión de charlas poco atractivas, como correspondía a un recién llegado al mundillo.

En ella expuse mi trabajo, relacionado con las fases infantiles de maduración del cerebro. En esta etapa, la naturaleza necesitaba revivir versiones animales en términos de percepción de la realidad, lo que tenía un profundo impacto en nuestro comportamiento. Nuestra mente irracional compartía los mismos engranajes con especies prehumanas, formando un armazón sobre el que se iba depositando la realidad social. Poco a poco, ambos mundos iban entrando en equilibrio y llevándonos de la mano al paraíso de la cultura, la estrella de la corona de nuestra civilización. Por eso, en cada curso escolar podía observarse el choque existente entre el pasado selvático encarnado en los alumnos contra el orden elevado impuesto por el profesor.

No era bien visto, en una sociedad puritana como la nuestra, justificar que un niño se comportara como un pequeño australopiteco por pura esencia. Sin embargo, en la universidad me dejaban a mi aire, en un gesto de pragmatismo, porque mis clases eran muy apreciadas por los alumnos y eso suponía ingresar las cuotas de muchas matriculaciones.

Lo hice lo mejor que pude. Había trabajado un mes en la presentación y cinco años en toda la teoría en la que se sustentaba así que, al menos, el esfuerzo había sido innegable. Recibí un templado aplauso de una sala a medio llenar que di por bueno. Sin embargo, alcancé a ver a Ludovique en una esquina de la última fila aplaudiendo y sonriendo cálidamente con un gesto de aprobación. Pensaba que el Dr. Lungard solo estaría interesado en el estudio del cerebro del humano moderno adulto, es decir, de la máquina ya finalizada, pero la informal conversación que mantuvimos en el tren y su asentimiento a las ideas que acaba de exponer me demostraron lo contrario. Me estaba sometiendo a un exhaustivo análisis, lo que me llenaba a la vez de orgullo y, por alguna razón, de dudas.

Ya mucho más relajado, me dediqué a disfrutar del resto de ponencias desde un discreto segundo plano. Cada nuevo enfoque me hacía crecer, aprendiendo de todos desde la sombra. Pero lo mejor estaba por venir: la ponencia de clausura del congreso ejercida por Ludovique Lungard, el «Leonardo da Vinci» de la neurología.

Sus contenidos junto a las estudiadas pausas, su dominio de la prosodia y las emociones transmitidas en sus mensajes dejaban boquiabierto con el fondo y la forma. Ludovique ponía en práctica su teoría, entre las que no dejaba separación alguna. «Después de trabajar durante dos décadas en las zonas del cerebro humano y su relación con la vida, puedo afirmar que el cerebro se enfrenta a un exceso de orden. La civilización y la sociedad dejan una impronta de represión en nuestro principal órgano que se ve forzado a corregir usando la propia entropía de la vida. Tenemos una máquina con dos motores que se autorregulan: instinto y consciencia, y ambas se encuentran en distintos lugares. Los comportamientos de pacientes con regiones del cerebro dañadas confirmadas *post mortem* y experimentos con sujetos sanos respaldan la presencia de estos balanceos. Como tantas otras de nuestras capacidades para mantener la estabilidad humana, estos se sitúan firmemente anclados en los mismísimos cimientos de nuestra existencia. En nuestra homeostasis».

Y con esta palabra finalizó Ludovique su ponencia: «homeostasis». El vocablo griego para conceptualizar el equilibrio, el recurrente mantra de la ciencia para reflejar el proceso por el que los seres naturales son capaces de asegurar su armonía frente al siempre cambiante mundo externo. Homeostasis entre lo concentrado y lo diluido; homeostasis entre lo caliente y lo frío; entre lo ácido y lo alcalino… O, como en este caso, homeostasis entre lo animal y lo civilizado. Lo animal, que nos incita a luchar frente a todo por asegurar las necesidades básicas. Lo civilizado, que nos permite ser una sociedad, con moral, con desarrollo, con leyes para poder convivir, para respetarnos, para no matarnos… Estas últimas frases de la ponencia de Ludovique arrancaron el aplauso de gran parte del público hasta levantarles de sus asientos. Otros, sin embargo, se quedaron en un estado de desaprobación y semiperplejidad, personalizando el peaje que todo genio debe pagar a sus coetáneos más puritanos cuando lo rancio se resiste a morir. A mí, de un modo agridulce, me dejaron intranquilo. Tras su innegable genialidad, me preguntaba qué tipo de experimentos habría realizado Ludovique para explorar los límites de la homeostasis entre la irracionalidad y la sociabilidad en individuos sanos.

Tras la clausura, los asistentes empezaron a recoger sus cuadernos de notas y abrigos. Había largos viajes de retorno a sus lugares de origen y mucha información por procesar. Pensé que sería bueno que buscara a Ludovique para despedirme y felicitarle por su fenomenal cierre del congreso. Sin embargo, él me localizó antes y me hizo señales desde lejos para que me uniera a un pequeño grupo que formaba con otras dos personas.

Me presentó. A mi izquierda se encontraba nada menos que al Profesor McMillan de Edimburgo, que había sido Premio Nobel de medicina dos años atrás, los primeros Premios justo después de la gran guerra, por sus pioneros trabajos en la caracterización de los mediadores bioquímicos del cerebro, las endorfinas. A mi derecha estaba el Profesor Framton, de la Universidad de Filadelfia, autoridad mundial e impulsor de la psicología conductual.

Ya no era una cuestión de currículo sino del devastador aplomo del grupo. Se interesaron cortésmente por mi estancia en París, pero entre frases hechas intercalaban otros comentarios demoledores, enigmáticos, formulando preguntas sin respuesta que quedaban en el aire dejando una profunda estela. Encarnaban la versión analítica de un chamán que podría devastar la vida unidimensional de un individuo de a pie de una simple tacada. Me sentía observado por ellos, sometido a prueba para ver si respondía. Sin embargo, sufrían la maldición del genio, la de aburrirse insoportablemente en cualquier ambiente que no fuera estimulante para el intelecto. Ellos solo podían entenderse entre ellos. Intenté serenarme y creo que salvé el tipo a costa de que mi cabeza, no acostumbrada a batallar a semejante nivel, consumiera glucosa en abundancia.

—¡Caballeros! —dijo finalmente Ludovique, en tono festivo, cortando el ambiente y librándome de desplomarme por una lipotimia—. El señor Guyon se unirá a nosotros dentro de tres días en mi mansión suiza de Zukunftsdorf. Pierre —me dijo agarrándome los hombros con sus dos manos— estoy seguro de que podrá tratarlo con su universidad con la discreción que supone tal evento. Allí podremos discutir sobre nuestros asuntos sin artificios ni domingueros cuchicheando alrededor.

McMillan y Framton sonrieron levemente por la forma de expresarse de Ludovique, sin duda el más dicharachero de los tres, y asintieron en señal de aprobación respecto a mi presencia allí.

Me sentí halagado por la invitación, más allá de que yo no tuviera ni idea de que tal cosa iba a producirse. Al parecer mi asistencia no era negociable. Ludovique ya lo había decidido por mí, así que me dejé llevar por una inercia tan positiva. Traté este asunto con el tacto requerido. Puse un telegrama a Auvergne, advirtiendo que me excusaría unos días más. Me encontraría formalizando colaboraciones con personas influyentes y no pondrían ningún reparo si atraía buenas inversiones a nuestra joven institución. Mi servicial compañero Etienne se encargaría de impartir mis clases y tutelar a mis estudiantes.

Di un último paseo en París esa tarde por el parque Montsouris. Me ayudó para acabar de asimilar los últimos acontecimientos y preparar los próximos. Los árboles me devolvieron a la senda del pensamiento sereno. Eran buenos momentos y tenía que estar centrado. No podía perder esta oportunidad y dejar que un futuro mediocre se asentara en mi vida.

No es que el viaje en tren a Suiza fuera desagradable, pero me siguió pesando la responsabilidad de acudir a tal evento. Traté mentalmente de estructurar al máximo mis conocimientos para poder expresarlos de un modo claro. Mi subconsciente me avisaba una y otra vez de que me aproximaba al momento bisagra de mi vida, la cual quedaría cronológicamente dividida en dos: antes y después de esa reunión. Me aproximaba a un acontecimiento con un nivel muy por encima del congreso, oculto tras el disfraz de una engañosa informalidad.

Ya se había consumido gran parte de la tarde cuando mi tren llegó a la Estación Central de Zúrich. Al bajar del vagón experimenté un gran cambio de ambiente respecto a los días anteriores. Esto ya no era el bullicioso y alegre París, sino que la sensación de intimidad, disposición ordenada y corrección de los viajeros había tomado el mando. Las luces eran tenues y hacía frío, mucho frío. La gélida bruma invadía los andenes, antesala de la noche, creando el trasfondo ideal para la reunión de círculos privados. Lo peor es que aún tenía que buscar un coche de caballos que me llevara a Zukunftsdorf, a unos cincuenta y dos kilómetros desde allí montaña arriba. Era un trayecto que prometía ser una odisea y temí llegar demasiado cansado como para intentar ser brillante.

Pero no hizo falta. A los pocos segundos de caminar por el andén se aproximó a mí un individuo serio pero elegante que se presentó como Paulus y se puso a mi servicio. Al parecer, él también conocía perfectamente mi imagen y me dio datos precisos de que inequívocamente venía en nombre de Ludovique. Me preguntó cómo había sido el viaje y si ya conocía Suiza. Seguidamente, cogió mi maleta con firmeza y me dirigió al vehículo privado estacionado fuera de la estación. Paulus, según me sugirió, era uno de los hombres de confianza de Ludovique. Tenía unos cincuenta años, de los que veinticinco habían sido trabajando para la familia Ludgard. Era una especie de élite del servicio. Perfectamente afeitado, equilibrio postural, servicial, eficiente, tono de voz medido, trato educado, etc.

Salimos de la estación e inmediatamente llegamos al automóvil. Se trataba de un elegante artilugio motorizado con rasgos algo futuristas, pero sin llegar a la sobrecarga con detalles rococó. El sólido sonido de la puerta al cerrarse y los confortables asientos traseros me proporcionaron una inmediata sensación de resguardo frente al desapacible frío externo. Yo no había visto jamás nada semejante, ni siquiera en los vehículos de los burgueses más pudientes de Clermont-Ferrand o los de los ricos comerciantes de ninguna de mis visitas a Lyon. Paulus puso en marcha el motor cuyo ruido era apenas perceptible. No solo no olía a combustible, sino que, de hecho, los senos de mi nariz se abrieron y empecé a sentirme bien. Diría que muy bien. Aunque no era euforia sino más bien una serena vigilia que unía lo mejor de la actividad y la tranquilidad. Relajado. Despierto. Creativo. Reparado. Parecía que el vehículo no hubiera sido solo diseñado con el propósito del mero transporte sino también para satisfacer las necesidades humanas evitando caer en el burdo lujo pueril. En el cuentakilómetros observé que circulábamos a ciento cuarenta kilómetros por hora, cuando la sensación era de estar dando un lento paseo dominical. A través de su cuidadosa conducción, Paulus se fusionaba con la eficiente máquina.

Frondosos bosques y verdes prados homogéneos como moquetas se extendían hasta altísimos picos que observaban imperiales nuestro paso. Pocos minutos después, los últimos rayos de luz del día se filtraban entre las montañas engalanándolas con sobrios tonos anaranjados. Al mismo tiempo, el coche subía las montañas como si no existiera la gravedad, en una aparente competición por conquistar quién —naturaleza o ingeniería —había llevado a la existencia a un mayor grado de excelencia. Finalmente, la noche borró todo rastro del bello panorama con un solemne manto de oscuridad, salvo los potentes haces de luz de los focos del vehículo. Paulus tomó un último desvío cerca de Meiringen y poco después llegamos a lo que ya eran los terrenos de Zukunftsdorf.

Aún circulamos durante unos minutos por una carretera flanqueada por árboles a través de lo que obviamente era una extensa finca. Al parecer, íbamos a estar bastante aislados del resto del mundo. Al fin, llegamos a la residencia en sí. Al bajarme del coche, experimenté la extraña sensación de encontrarme más descansado de lo que estaba antes de iniciar el viaje desde París. Aún en la penumbra, la mansión confería una visión imponente. Modernista y falsamente victoriana.

Me recibió Ludovique en persona, con una amplia sonrisa y aire de perfecto anfitrión. «Ya estás aquí, Pierre», dijo. Fui a estrecharle educadamente la mano, pero él me dio un abrazo sin reticencias. Con una mano sobre mi hombro me indicó: «Ven al segundo salón». Lo de segundo sería un decir, porque hablábamos de una estancia de unos ciento veinte metros cuadrados con todo tipo de evolucionadas obras de arte que, aunque no acaba de entender, acariciaban con delicadeza a los sentidos.

Alrededor de la chimenea se encontraban algunos invitados, mientras que otros ya se habían acostado. «Las cabezas deben descansar para defenderse de su propia voracidad intelectual», dijeron. No se tomaba alcohol. No se fumaba. No se tomaba café ni té, sino extraños brebajes que proporcionaban una sensación de serenidad previa al descanso. Ludovique me comentó que había creado en Zukunfsdorf una fusión entre centro de desarrollo y retiro espiritual, puesto al servicio de su pequeña comunidad personal.

Los huéspedes fueron progresivamente retirándose a sus habitaciones y yo quise imitarles. Me despedí de Ludovique tras lo que Paulus me guió hasta mi cuarto, en el segundo piso de la gigantesca vivienda. Al no conversar ya con nadie, fui entonces consciente de que, desde que entré en la casa, había estado escuchando una especie de música de fondo. Eran tonos graves y algo repetitivos a un bajo volumen, que de algún modo reforzaban la sensación de cierre del día. Mi habitación era amplia. La temperatura era tan perfecta que pasaba desapercibida y hacía que el frío externo pasara al total olvido. Ligeros aromas de madera vieja evocaban la tranquilidad de parajes naturales del pasado. El ambiente estaba oxigenado e ionizado, y pequeñas lámparas de ambiente emitían tenues luces anaranjadas orquestadas dentro de toda una tecnología global del sueño. El tacto con la sábana acabó de proporcionarme un extremo sentimiento de protección. Cerré los ojos y experimenté un sepulcral silencio solo posible por una tecnología de construcción puntera. Era un silencio tan radical que me invitó a abrazar a la pequeña muerte que ocurre al final de cada día, permitiendo al ser reconciliarse con su pasado y preparar la llegada de un propicio futuro.

Al día siguiente me desperté sintiendo que la renovación en mi interior era palpable. Abrí los ojos y me topé con un sorpresivo nuevo ambiente dentro de mi habitación, ejecutado mediante algún extraño mecanismo oculto programado. Cortinas, adornos y minerales en los apliques de la pared bañaban la estancia con tonos verdes ligeramente azulados. Estimulantes aromas herbáceos emanaban desde algún lugar, llenando todos los rincones de una amigable humedad que mis pulmones y mis mucosas agradecieron. Había una música ligera de fondo —una especie de mezcla entre clásica y aquello que empezaban a llamar jazz —que fomentaba el dinamismo. Parecía salir de todas partes, aunque no identifiqué ninguna gramola en mi habitación. Casi diría que no era una música que se escuchara con atención sino ante la cual uno se escuchaba a sí mismo. El conjunto del ambiente me puso en marcha de un modo efectivo como si me acompañara firmemente de la mano hacia la vigilia. Me sentí como una planta llena de rocío que había abierto sus hojas al amanecer para captar la luz solar de la que se alimentaba.

Me vestí y bajé a la planta baja, de donde ya venía una cierta actividad humana a la par que una deliciosa mezcla de olores. El desayuno estaba servido. Algunos invitados estaban bajando e incluso mis nuevos conocidos McMillan y Framton ya habían empezado a desayunar. Les saludé con un gesto y me correspondieron con una media sonrisa. Mientras observaba la oferta de alimentos, coincidí con una persona de porte serio y amable. Inmediatamente apareció Ludovique para presentarnos. Se trataba de Andras Dhal, noruego, el «tecnólogo artista» creador del confort de las habitaciones, el cual ya había experimentado. Dhal había aunado intuición e inteligencia, poesía y mecánica, tradición y método científico para forjar ambientes únicos para el descanso.

—¿Qué le ha parecido la habitación, Pierre?

—Mejor de lo que yo podría haber pensado que era lo mejor posible.

Ludovique sonrió ampliamente y continuó hablando.

—También has experimentado el prototipo de vehículo motorizado. Lo ha diseñado nuestro ingeniero holandés, Manfred Van Zeeland.

—Espero que el futuro sea digno de parecerse a este vehículo. Tengo dos curiosidades, ¿qué es lo que hace esta máquina y cómo lo hace?

—Son dos problemas distintos, y de su correcto entendimiento deriva un tercer problema. Por ello se precisa a tres personas para encontrar la solución. Un fisiólogo identificó todas las necesidades humanas posibles en un vehículo, Manfred las implementó como ingeniero, y yo mismo integré ambos. En el fondo ¿qué es un neurocirujano sino un mecánico de la fisiología?

Fue una exposición demoledora previa al desayuno. Había bastante cantidad para elegir pero, sobre todo, la oferta estaba exquisitamente estudiada. Me sorprendieron ciertas bebidas exóticas con ligeros estimulantes que no hacían perder el control de la mente. Irónicamente, el equilibrio que experimentaba era extremo.

—Bueno, compañeros, procedamos a enseñarle nuestro orgullo a Pierre: la biblioteca —dijo Ludovique en voz alta.

Tras andar por un par de pasillos, Paulus abrió una pesada puerta de madera y metal que, al cerrarse, dejaba una patente sensación de olvido del exterior. La amplia estancia, compuesta por un espacio ovalado principal y varios recovecos para apartarse, evocaba aquellos centros de estudio ancestrales en los que la vocación por producir conocimiento superaba las restricciones impuestas de la época. Había sido diseñada para adquirir la mayor cantidad posible de luz natural, complementada con luces artificiales. Lámparas superiores aportaban una agradable iluminación ambiental mientras que otras más potentes, sobre las mesas, garantizaban el máximo confort visual incluso de noche, algo necesario para las maratonianas sesiones de estudio y recogimiento de sus habituales usuarios.

Las paredes estaban forradas con extensas librerías repletas de los ultimísimos ejemplares publicados por la ciencia oficial de vanguardia y tecnología en fase experimental. Sin embargo, no me pasó inadvertida la presencia de otros tomos de naturaleza «alternativa» como alquimia, metafísica, códices de incalculable valor y libros secretos que fueron una vez malditos y cuya tenencia conllevaba la sentencia a muerte inmediata. Había dos atriles con sus respectivos asientos altos para los atlas visuales más aparatosos y otros seis puestos de lectura compuestos por amplias mesas con forma de medio arco sobre las que se encontraba todo el material necesario para hacer anotaciones. En el fondo había otra mesa, esta vez rectangular, equipada con objetos tales como goniómetros y lupas. Había tres ionizadores de aire bien distribuidos que funcionaban incansablemente de un modo silencioso pero perceptible a largo plazo. Uno podría pasarse días enteros allí sin sensación de cansancio, incorporando a su mente más y más conocimientos, mientras que se generaban nuevos. Los gruesos cristales de las ventanas junto con los muros de hormigón de un metro de grosor le daban un aire de bunker para el pensamiento, un taller para la mente. Sin duda, llamar biblioteca a esta maravilla era una inaceptable simplificación. Yo, que siempre había sido lector compulsivo, no podía sentirme mejor. Y más habiendo sido escoltado por tres líderes mundiales en sus respectivos campos a través de este templo de la cultura.

—Los «eurekas» son más fáciles si el ambiente acompaña, ¿no crees, Pierre? —. Justificó Ludovique.

—Desde luego. Has dado vida al sueño de todo estudiante.

—Grandes cosas han salido de aquí. Y jamás imaginarías los proyectos que tenemos en marcha.

—Siento que querría formar parte de esto.

Zukunftdorf emergía como una construcción basada en la historia, pero a la que sumaba una tecnología que pivotaba alrededor de la naturaleza humana como piedra angular. Todo ello daba lugar a algo totalmente nuevo que, sentí, llevábamos siglos esperando. El vehículo con el que Paulus me había traído era solo una avanzadilla de lo que Ludovique y su círculo estaban creando. No eran una mera élite engreída y académica que rellenara libros de texto y manuales técnicos. El círculo que tenía delante se había exiliado de la mediocridad del mundo. Ellos estaban descodificando las mismísimas reglas del conocimiento humanamente alcanzable, poniendo delante de mis ojos los resultados dentro de un éxtasis brutal.

El siguiente evento que se había programado era un paseo por la finca. Salimos todos al exterior y así pude ver la mansión a la luz del día. El aspecto casi renacentista de su exterior chocaba frontalmente con la oculta tecnología en su interior que ahora sabía que contenía. Ludovique había decidido no crear pomposos jardines sino una especie de bosque semidescuidado con tortuosos caminos. Los desperfectos se arreglaban esporádicamente sin perturbar la esencia. Había múltiples senderos, cómodos para caminar y por los que perderse. Veintisiete hectáreas dan mucho de sí. Solo el furtivo ruido del viento, el crepitar de algunas ramas y el eventual piar de algún pájaro eran audibles.

—Pierre, el bosque ha sido diseñado para practicar la antigua técnica de meditación japonesa en bosque. ¿Has oído algo acerca de ella?

—La verdad es que no — «de hecho, yo apenas sabía nada de Japón» —, pero tiene todo el sentido del mundo. Mi abuelo y mi padre solían hacer algo parecido en los solitarios campos que rodean nuestra ciudad, y siempre me lo recomendaron.

—La sabiduría se abre paso de modos similares en lugares lejanos. Sobre todo, en aquellos que se reconcilian con su interior. Un humano es un humano, a fin de cuentas.

Se percibía la limpieza mental que ejercía la influencia telúrica del ambiente. Sin embargo, en el grupo de unas diez personas había un extraño personaje que poco a poco me iba pasando menos desapercibido. Ludovique finalmente me lo presentó. Se trataba de Jeb Locke, periodista americano. Apretó mi mano y la sacudió tan fuerte y violentamente que casi hizo descarrilar mi estructura ósea. Tenía una sonrisa irónica que rápidamente me puso a la defensiva.

—¿Cómo estás, socio?

Dijo con chicloso acento americano.

Locke era un individuo anatómicamente curioso. No es que estuviera globalmente gordo, pero su masa corporal se concentraba alrededor de una barriga que le dotaba de una extraña flacidez flotante. Vestía ropas un par de tallas superior a lo aconsejable lo que, en conjunto con su constitución, le forzaba a moverse con un llamativo desgarbo. Su pelo grasiento y semidespeinado rezumaba un tinte azabache demasiado evidente, sobre todo al contrastarse con su perceptible barba blanca. Su presencia en la reunión debía deberse a un acto de cortesía o un embarazoso favor debido al redactor de algún periódico. Aunque bastante pintoresco, no le di más importancia que la de una simple anécdota. Tenía cosas más importantes en juego y traté de que mi mente se centrara.

Me quedé unos pasos detrás de la comitiva al ver unas flores que me recordaban a las que mi madre tenía en nuestra casa de campo. Locke se acercó y nos quedamos descolgados a unos quince metros del grupo. Después de comentar un par de banalidades, Locke bajó el volumen del tono y aprovechó para compartir algo.

—Pierre, estoy informado de que eres el nuevo. Espero que no me confundas con este grupo de mamarrachos. Vengo aquí a desenmascararlos. Huye mientras puedas. La ciencia ha traído más problemas que soluciones. Observa. Todo su conocimiento se manifiesta en armas de guerra más eficaces, en desigualdades sociales o, peor aún, ¡en la nadería más absoluta! Después de desperdiciar valiosos recursos para la gente normal.

Eso sí que me sorprendió. ¿Cómo un grupo que lo racionalizaba todo podía tener entre sus invitados a un individuo tan apartado de sus ideales? Le dije que no estaba de acuerdo y miré hacia otro lado dándole a entender que no me interesaba lo que me estaba diciendo. Sin embargo, él siguió hablando como si nada, inmune a mis gestos, nada subliminales, de finalización de la conversación.

—Preparo un grandísimo reportaje. Me inmortalizaré gracias a él. Que toda esta gente se reúna en un sitio aislado para dar rienda suelta a sus maquinaciones es todo un notición. Son otra élite que pretende el control del pueblo quedándose toda la técnica para ellos. Pero, ¿sabes una cosa? No son tan listos. Van a morir abandonados, consumidos por su propia erudición. Por cierto, ¿y tú cómo has aparecido aquí? ¿Eres tan bueno como antropólogo?

—Bueno, yo también me lo pregunto. Simplemente, disfruto del viaje.

Contesté tímidamente, algo avergonzado e intentando montar una defensa frente a una declaración de principios tan insidiosa.

—Eres de los modestos, bien —y soltó una pequeña carcajada—. Aquí algunos intentan dar esa impresión, aunque no me lo creo. En fin, espero que al menos la cena esté buena.

En definitiva, la imagen de Locke reflejaba fielmente la inquina de su psique. El periodista consiguió hacerme sentir incómodo por primera vez en todo mi viaje. Aunque poco pareció importarle la presencia del propio Ludovique, que miraba hacia atrás de cuando en cuando sin parar de sonreír durante toda la perorata de Locke. Más tarde, Ludovique me justificó que querían demostrarle que se equivocaba, y que querían darle la oportunidad de entender lo que hacían si se lo explicaban con educación y detenimiento.

Cuando regresamos a la mansión ya sería media tarde. Íbamos a proceder a una temprana cena. Ludovique me presentó al resto de comensales, dispuestos en el cuarto aledaño a la sala de cenas. El plantel era impresionante. Además de los tres ya conocidos en París estaban Dikoudis, Van Zeeland y Dahl, artífices de las sensaciones a través de la salud nutricional, automovilística y arquitectural, respectivamente, que ya había experimentado. El grupo se completaba con el físico noruego Christiansen, implicado en la generación de energías alternativas al petróleo y carbón; Giacomo

Giardino, el italiano sociólogo de masas; Ricardo Vélez, venezolano, experto en comercio internacional; John T. Jameson, millonario americano, inventor y creador de varias patentes relacionadas con la mejor en el nivel de vida en el hogar; Robert Stjepanic, croata del recién extinto imperio austrohúngaro, especialista en diplomacia; y George Osayande, religioso africano que trabajaba en la sombra fomentando los derechos humanos. En su conjunto, presentaban un escueto resumen de la cúspide humana. Todos hablaban un más que decente francés. Doce comensales selectos en la misma velada junto a Mr. Locke y yo mismo. Según me comentaron, solo faltaban, por motivos excusables, un miembro ruso y otro japonés.

Las conversaciones eran ingeniosas, pero yo no había sido informado del motivo exacto por el que toda esta gente se había reunido allí. Por ello, asumí que simplemente se trataba de relajarse junto a las pocas personas de este mundo con las que podrían expresarse fluidamente, sin tener que dar miles de explicaciones. La élite llama a la élite. Eso sí, esperaba que Locke no fuera capaz de destruir el nivel alcanzado. El momento de la cena se aproximaba. Sería a las 18:00, media hora antes del anochecer.

La cena empezó puntualmente. Los invitados se dispusieron a lo largo de la larga mesa de roble según un orden preacordado en el que se adivinaba una oculta jerarquía. Mi sitio estaba justo en diagonal al de Locke, lo que me confería una visión perfecta de la velada. Sentí algo de vértigo a bajar la guardia mental y quedar en ridículo, pero hay momentos en los que hay que mirar hacia adelante y tratar de integrarse. En el peor de los casos, siempre me quedaría mi querida Universidad de Auvergne.

La elegancia con la que se mostraban estos caballeros era notable. Ingerían, con gran educación, estudiadas mezclas de vegetales aderezadas con cuidadas salsas. Enseguida noté una armonización entre mi conciencia y mi bienestar. Me notaba nutrido y ligero. Dikoudis, el nutricionista, procedió a explicarme los motivos de la selección del menú. Los platos proporcionaban hidratos de carbono de liberación lenta con fitonutrientes, cofactores de enzimas, estimulantes del cerebro y sustancias con fantásticas propiedades organolépticas evocadoras de contenidos mentales placenteros. Algunos componentes tenuemente amargos proporcionaban una ligera desintoxicación. Ludovique asentía durante la explicación, sabiéndose victorioso sobre el azar que muestra quien no sabe lo que come o lo hace por una tradición que le lleva a la antesala de una muerte prematura. Los invitados presentaban un amplio rango de edades, aunque todos coincidían en aparentar un físico activo, haber tenido un enorme éxito en sus campos y tratar de sobrellevarlo de un modo relativamente discreto.

Todo ello contrastaba frontalmente con el atropellado modo de comer de Mr. Locke, el extraño visitante fuera de sitio, que parecía disfrutar con los vastos platos de carne y patatas preparados exclusivamente para él. Su impreciso paladar se correspondía perfectamente con su nada respetuoso modo de expresarse. Locke aprovechaba los breves instantes durante los que no tenía la boca completamente llena para disparar sus ironías.

—El pueblo no puede permitirse esto. Esas raciones tan pequeñas y tan caras. Se nota que su trabajo no es tan duro y que pagar todo esto no les cuesta.

Los comensales ignoraban o sonreían levemente. Solo Ludovique le daba tibias contestaciones como si no fuera con él. Obviamente, la relación no era bidireccional. Locke recibía un trato distinguido mientras que este emitía falta de respeto, agravio y toda clase de basura emocional sobre la genial trayectoria del resto de invitados. Ludovique me comentó en voz baja que Locke había iniciado una cruzada de crónicas en un rotativo neoyorquino, que tachaban de déspotas y destructivos a estos grandes hombres hasta dañar la visión que la clase media tenía de ellos. Eran blanco de Locke casi a diario, lo que era sorprendente teniendo en cuenta la gran variedad de temas de los que podría nutrirse semejante individuo. Locke habría sido invitado para ver si era posible que depusiera su actitud a través de su aculturación, aunque tal opción empezaba a ser descartada.

—Ustedes se creen superiores al pueblo. No se les necesita con su arrogante perfección artificial.

—Si le hiciéramos una lista de cómo hemos contribuido al progreso de lo que usted llama pueblo, se asombraría. Sin embargo, la razón última de su propia existencia es más que dudosa, Mr. Locke, salvo alimentar con basura informativa a las alimañas de sus lectores.

El pintoresco Locke seguía bebiendo cerveza y, consecuentemente, la abrasividad de su verborrea aumentaba en paralelo a sus niveles de alcohol en sangre.

Las críticas empezaron a subir de tono. Los eruditos comenzaron a hacer preguntas a Locke, educadas, aunque satíricas, a las que este no podía responder. Sentí que eran dioses intelectuales que estaban cercando dialécticamente a un pobre diablo. Este empezó a mostrarse nervioso y a usar directamente palabras insultantes.

Ludovique hizo una señal casi imperceptible a alguien que se encontraba a mi espalda. Era Paulus. Este se aproximó a mí y me indicó con un gesto que le siguiera. Intuí que tendría que ver con que al ser mi primera vez en Zukunftsdorf, esta no quedara empañada por el comportamiento de Locke. Efectivamente, Paulus me guió en una visita por las más antiguas estancias de la mansión que no habíamos tenido tiempo para ver durante la mañana. Nos encontrábamos en una habitación con curiosos instrumentos rituales de otros continentes, cuando repentinamente escuchamos una serie de gritos aberrantes. ¿Qué le podría haber pasado a alguien en un entorno tan amigable y protector como Zukunftsdorf? Salí corriendo hacia el origen del sonido. Podía oír a Paulus corriendo detrás de mí. En nuestra carrera tropecé con varios objetos, lo que me hizo sentir un punzante dolor en la rodilla. Sin embargo, era más importante poder socorrer a alguien que sin duda se encontraba herido y probablemente en peligro de muerte. ¿Habría atacado el periodista a alguna de las eminencias, perfectos anfitriones, presa de su creciente agresividad alcohólica? ¿Debía entonces prepararme para neutralizar a Locke? La adrenalina se amontonaba en mis arterias, preparándome para actuar con la máxima celeridad tan pronto accediera al lugar de los hechos y comprendiera la situación. Los gritos provenían de la estancia que se encontraba al otro lado de la puerta que tenía frente a mis ojos. Se trataba del comedor. Estaba llegando y tenía que prepararme para cualquier cosa. Cualquiera.

Lo que vi al abrir la puerta, sin embargo, superaba todo surrealismo. Fue una escena que una parte de mí sé que jamás procesará del todo. Todos los comensales, incluyendo Ludovique, se habían abalanzado sobre Locke que, sumido en un mar de gritos horrorosos, había pasado de mantener una actitud prepotente a ser literalmente devorado en vida. Todos y cada uno de los invitados formaba parte de ese aberrante pandemónium. Lo que destruía mi mente no era la situación en sí, sino que quienes la estaban llevando a cabo eran aquellos que yo creía la élite de la humanidad. El tronco, los miembros y la cabeza de Locke estaban siendo desgarrados por las fauces de las eminencias. Me quedé bloqueado durante unos instantes forzando a mi mente a procesar en segundos todo el horror que se tarda en asimilar toda una vida. Las paredes y el suelo estaban siendo regadas a borbotones por las arterias abiertas, siguiendo el patrón rítmico de lo que serían los últimos latidos del corazón de Locke. Poco a poco, los gritos fueron disminuyendo en volumen y número.

Los comensales continuaban dando buena cuenta del pobre americano mientras la sangre y restos de tejidos aún palpitantes chorreaban por sus cuidadas barbas y trajes, recordándome los horrores de la guerra mundial que tan recientemente había sufrido Francia. Sin embargo, todo el mundo había ignorado mi presencia en la escena hasta que Ludovique dirigió súbitamente su mirada hacía mí. Más fija que nunca. ¿Sería yo el siguiente en ser devorado? Un escalofrío recorrió mi cuerpo hasta congelarme entero. Un sentimiento de horror absoluto se adueñó de mí, avisándome con una terrorífica visión del abismo definitivo. Yo estaba perdido y todo se acababa para mí. Para siempre.

Pero no fue lo que ocurrió. Ludovique recuperó primero un atisbo de sensatez y, casi inmediatamente después, todo su vigor intelectual de golpe. Ello volvió a zarandear mi castigada estructura mental. Yo no pensaba que se pudiera conmutar tan fácilmente entre los profundos estados pre-humanos ligados a nuestro origen reptiliano y la coherencia social de los que hablaba en mi tesis doctoral. Él era ahora una blindada fortaleza de seguridad dentro de un mar de sangre. No eran vampiros ni hombres lobo. Tampoco eran no-muertos. Eran humanos que habían extendido demasiado lejos el rango entre los límites superior e inferior de su humanidad. En pocos segundos, aquellos que yo ya había dado por perdidos como los máximos exponentes del mundo civilizado empezaron a deambular a nuestro alrededor, recomponiendo su original estado de bonhomía. Eso me llevó a un estado incompatible de lo que pensaba de ellos en el pasado y ahora en el presente.

Recordé por un segundo a mis primeros compañeros de vagón de tren en el viaje a París y deseé haber elegido refugiarme en su protectora sencillez. Ojalá mis conocimientos no hubieran sido tan interesantes para Ludovique y se hubieran quedado en el plano meramente teórico. Podría haber tenido una vida serena y feliz como profesor en una universidad de provincias. Había jugado fuerte y había perdido. Debía asumirlo.

Con extremada y fuera de lugar educación, dadas las circunstancias, Ludovique me pidió por favor que le acompañara a una sala situada a dos estancias de la que se estaba produciendo la satánica aberración.

—No te preocupes Pierre, los restos de Locke jamás serán encontrados. Contamos con altos cargos que desviarán toda la investigación policial, y además las coartadas son perfectas. Debes saber que tenemos influencia en todas las áreas de la sociedad.

Pero para mí no se trataba de salir indemnes legalmente de este asunto, sino del hecho en sí. Del asesinato macabro y alevoso que acababa de presenciar. Ludovique hizo una pausa para tomar aire y, como debería haber esperado, me propuso unirme al círculo.

—Te aseguro que con el tiempo te acostumbrarás —me dijo—, pero consideramos por experiencia que todo esto es algo absolutamente necesario para la continuidad del desarrollo técnico en favor de la humanidad.

Y siguió mirándome de un modo protector, todavía embadurnado con restos de Locke, pero con ese halo de cordura que no había visto nunca en nadie.

—Pierre, tú nos explicarás nuestro particular comportamiento. Cómo hemos ido avanzando hasta converger en esto, en este ritual. No fue intencionado. Simplemente sucedió. Yo tengo el mapa del cerebro, pero tú descifrarás las instrucciones de cómo hemos llegado hasta aquí. Su dinámica. Yo tengo «el cómo» pero tú tienes el «por qué». Serás un gran miembro del grupo. Lo sé en cuanto lo veo, y ocurre muy pocas veces. Te necesitamos porque eres parte de nosotros. No te quedes en los libros. El conocimiento cobra vida en los actos. Hazlo real.

Eso lo explicaba todo. Necesitaban un antropólogo porque los psiquiatras que les diagnosticarían inmediatamente como «enfermos», eran enanos intelectuales a su lado, por lo que su criterio no era válido. Esto les había llevado al callejón existencial en el que se encontraban en la actualidad.

—¿Realmente hacía falta llegar a esto, Ludovique? —repliqué con todo el fino hilo de voz que fui capaz de reunir.

—Hemos intentado todo. Hipnosis, drogas, meditación, rituales de religiones antiguas. Nada ha funcionado. Cuanto más extremos son los mecanismos de compensación, más lejos llegamos. Nos estamos jugando el progreso. Lo que generamos salva vidas y al mismo tiempo, no te lo negaré, eliminamos lo que lo bloquea. Sí, reciclamos a los enemigos del progreso como combustible para nuestro proceso, para aumentar la amplitud del vaivén del péndulo que nos hace avanzar. Es un mal menor. Tienes que verlo así. Tú mismo has conocido a Locke. Esa gente sobra, y lo hace de un modo irreversible.

—Habéis firmado un pacto con el diablo.

—No, Pierre. Hemos firmado un pacto con la lógica. La opción es la vulgaridad, la muerte y el olvido, eso sí que es el diablo. Te ruego que no lo juzgues a simple vista.

Tras unos instantes de perplejidad, todas las decisiones que había tomado en mi vida pasaron por delante de mi conciencia. Y de un modo casi automatizado…, acepté. No sé si su magnetismo tuvo algo que ver, pero mi capacidad de decisión pasó por encima de mis miedos y de mis valores morales. Ludovique sonrió profundamente al oír mi respuesta y sostuvo mi mano derecha cálidamente con sus dos manos mientras cerraba los ojos.

Él fue mi principal valedor ante el resto de miembros, que tenían ciertas dudas respecto a la incorporación de alguien que apenas estaba empezando su carrera por muy prometedora que esta fuera.

El sacrificio de la siguiente víctima o, como se les llama dentro de nuestro círculo, «reactivo equilibrador», fue un mes después. En ese caso se trató de un retrógrado político conservador belga que intentaba bloquear el desarrollo de nuestros compañeros Van Zeeland y Dahl, dos de los mayores baluartes del progreso que jamás conocí. Pudimos así obtener nuevos inventos y transferir con el tiempo esas tecnologías a la población civil. La ayuda del círculo me hizo ascender meteóricamente en mis investigaciones, y empecé a notar progresivamente un vacío animal en mi interior que supe cómo remediar.

Desde entonces ha pasado mucho tiempo. Ya estamos en 1983 y soy el miembro más longevo del círculo. Ludovique fue un digno guía del grupo durante cuatro décadas más. Sin embargo, yo he sido nuestra voz más importante en estos últimos años. Convertí a mi pequeña Universidad de Auvergne en uno de los principales centros de progreso de Francia. Desde entonces, todo el mundillo antropológico ha querido venir aquí a aprender. Sobrevivimos a otra guerra aún más grande que la anterior, a dictaduras y a democracias manipuladoras. El horror nunca descansa.

E incluso asistimos a la socialización de las tecnologías, aunque nunca será como la nuestra: tan humana, tan punzante, tan balanceada. Seguimos orando con cada acto a nuestro Dios particular, la Homeostasis, a la que nos debemos. Una religión que subraya de lo que estamos hechos y lo que nos hace progresar. No hay otra vía mejor. Me enorgullezco de ello porque hemos conseguido grandes cosas, aunque muchos pensarían que no del modo más recto. Lo discutiremos en la vida eterna, si es que ésta existe.

En breve moriré plácidamente y, como se suele decir, de viejo. Experimento la lástima de no haber podido compartir toda esta información con la humanidad y que esto sea un simple recuerdo, sobre mi incorporación al círculo, que estoy teniendo en el anochecer de mi existencia. No podría hacerlo sin romper la propia esencia de nuestro movimiento. Siento abandonarles en esta vida sin haberles visto necesitados del suficiente equilibrio.

5. El caso Stradley

«Estoy tumbado en una cama. No sé qué hago aquí. Hay un olor muy fuerte a medicamentos. Todo en esta habitación es blanco. ¿Qué es lo que llevo puesto? Parece uno de esos camisones de hospital. Vaya, espero no haber tenido un accidente. ¡Un momento!, me está mirando un hombre. Me sonríe. Su cara me resulta muy familiar. Se trata de… espera. Vaya, no consigo recordar. Debo de estar aún medio dormido. Parece muy amable. Seguro que nos conocemos.

»¡Claro! Es mi tío Jacky. No, espera, qué tonto soy. Veo que mis manos no son las de un niño. Están demasiado arrugadas, empiezan a tener manchas y las venas están demasiado oscuras. Son las manos de una persona mayor. Por tanto, esta persona no puede ser tan anciana como para ser tío mío. No sé en qué estaría pensando… Esta persona debe de ser mi vecino. ¡Cómo pasa el tiempo! Espero que me haya traído el periódico. Siempre lo leo por la mañana. Estoy en la cama, así que debe de ser por la mañana».

—Hola, eh…, disculpe, he olvidado su nombre. ¿Me ha traído el periódico?

—Claro que sí, Jacob. Lo tengo aquí, ahora te lo doy…, «por cuarta vez ya esta tarde» —añadió finalmente Hugh para sus adentros, con cierta resignación.

Jacob se incorporó ligeramente y tomó el periódico. Intentó leerlo, pero eran demasiadas letras. Se perdía entre ellas. Así que desistió disimuladamente y prefirió centrarse de nuevo en su acompañante.

—Sí, luego me lo da y así puedo leerlo. Espere, supongo que… —y de nuevo pensó: «pero ¿quién demonios es este hombre?».

Hugh seguía sonriendo a Jacob con un cierto toque de melancolía contenida en su mirada. En ese momento entró Rosa, la enfermera, a la habitación.

—Buenas tardes, Sr. Wellches —dijo refiriéndose a Hugh, el visitante.

—Buenas tardes, Rosa. Me da mucha pena ver que ya no reconoce ni a su mejor amigo. Ni siquiera alguna vez, como sí podía hacer la semana pasada.

Rosa asintió, pero sin perder la sonrisa con la que había entrado en la estancia. Mantener el ánimo no era negociable. No quería que Jacob la viera triste, aunque se olvidara de ello segundos después. Le partía el corazón verle así. Y eso que estaba familiarizada con estas situaciones, después de tres décadas trabajando con enfermos que ya se encontraban en las postrimerías de sus vidas. Sin embargo, el caso de Jacob era particular. Él no era tan mayor como el resto de pacientes en la clínica —apenas habría cumplido los sesenta— y su deterioro cerebral había sido vertiginoso.

—Bueno, Jacob, volveré mañana, te dejo muy bien acompañado —dijo Hugh despidiéndose, mientras guiñaba un ojo a Rosa.

—Adiós… señor.

Hugh cerró la puerta con cuidado, como intentando no agravar el estado de Jacob.

—Esta persona me ha llamado por el que, creo, es mi nombre, así que debe de conocerme. Es muy educado, pero espero que no se dé cuenta de que no sé quién es. No quiero quedar en ridículo. Tengo el periódico en mis manos. ¿Me lo ha dado él? —se sinceraba Jacob, lleno de inseguridades, con Rosa.

—Claro que sí, Jacob. Luego lo lees más tarde. Yo te lo guardo.

Y se volvió a tumbar completamente en la cama. La enfermedad afectaba a todo su sistema nervioso, así que no solo le había secuestrado la mente sino también, como un insecto reptante, su cuerpo. Ya no tenía fuerzas ni para sentarse en las cómodas sillas de la clínica Sunlight, una de las más prestigiosas y caras del estado. Aquellas sillas color pastel con el respaldo lumbar tan bien diseñado y esos soportes para los brazos tan acolchados, que tanto le habían gustado los meses anteriores. Jacob había acumulado suficientes ahorros durante su vida laboral como para permitirse lujos que poco a poco iba dejando de reconocer y disfrutar. Se cansaba demasiado y se desorientaba fácilmente. Así que había pasado a grado 5 y, rápidamente, al 6.

La habitación era simple, minimalista, toda blanca. Apenas se podía ver un jarrón con una flor. Pocas cosas y sencillas. Era el protocolo en esta fase de disminución de estímulos, para evitar ahondar en la confusión. El proceder médico, pragmáticamente, consideraba que la batalla ya estaba perdida y ya sólo trataba de poner paños calientes a la situación. Un acompañamiento tibio a través del camino del paciente hacia el inevitable desenlace.

Aunque, aparentemente, Rosa sólo adecentaba la habitación antes del anochecer, también aplicaba sencillos test de seguimiento de los pacientes como parte de su labor.

—¿Recuerdas qué edad tienes, Jacob? Preguntó Rosa disimuladamente mientras se retocaba el coqueto lazo con el que recogía su media melena.

—Veinticinco.

Pasados diez segundos, repitió la pregunta.

—¿Qué edad tienes, Jacob?

—¡Uy! ya voy siendo mayor. Debo de estar en los cincuenta y dos —las arrugadas y manchadas manos volvieron a indicarle que era una persona de cierta edad.

—¿Y qué has cenado hoy?

—No lo recuerdo, cómo tengo la cabeza… debo descansar.

Rosa sonreía en todo momento, aunque miró cabizbaja a través de la ventana antes de bajar la persiana poco a poco, haciendo el mínimo ruido. Ella era incansable a la hora de aplicar al paciente una y otra vez las pruebas de repetición, las pesas de musculación de la mente. Pero Jacob se iba quedando sin ese músculo mental y era ya incapaz de sostener recuerdos. Lo que recordaba de su vida eran retazos que iban y venían, incapaces de unirse. Su personalidad, antes formada por un continente de pensamientos, ahora la formaban islas. Islas incomunicadas.

Mientras, Hugh, ex-compañero de trabajo y amigo de toda la vida de Jacob, charlaba en el pasillo con el médico que llevaba directamente a Jacob, el Dr. Vermot.

—Doctor, ¿recuperará la conciencia algún día?

—Me temo que no puedo ser optimista. La degeneración está afectando además a nervios importantes para el metabolismo y el aparato locomotor. Los datos de las últimas pruebas son muy claros. No puedo darle más información de momento, pero debe irse preparando para lo peor.

Hugh trató de mantener la entereza.

—Bueno, hay que aceptarlo. Creo que casi es lo mejor que le puede pasar. Le recordaré por lo que fue. Le agradezco su esfuerzo y dedicación en estos momentos tan difíciles —dijo Hugh, estrechando la mano del doctor y, acto seguido, se marchó lentamente, recorriendo el pasillo camino de la salida de la elegante clínica.

Aunque el Dr. Vermot no quería darse por vencido, no veía cómo podía detener la progresión de la enfermedad usando métodos convencionales. Estaban rodeados de lujo, pero eso no ayudaba en la práctica. Cuando las personas caen por el abismo del olvido, causan un efecto en su entorno más dramático, aún si cabe, si eran activas como había sido Jacob a los ojos de Hugh. Rosa escuchó la conversación desde la habitación, cuyo contenido no por dramático dejaba de ser esperado.

Jacob apenas tuvo unos pensamientos más antes de dormirse:

«Qué extraño… aunque siento que he estado todo el día en la cama me encuentro totalmente agotado. Debo de estar enfermo. Esto parece un hospital. Me apetece mucho dormir. Sí, lo mejor es que duerma. Esta gente cuida de mí. Mañana iré al trabajo, como siempre».

Rosa apagó la luz y cerró la puerta. Tenía unos cincuenta y cinco años y era de origen salvadoreño. Trabajaba en todo momento con el pelo recogido y una sonrisa plácida que inducía a una serenidad inmediata. Era una mujer de ojos tranquilos que había nacido para ayudar a quienes ya no podían ayudarse a sí mismos. Tenía un ritmo de hablar pausado con el que abrazaba el corazón de su interlocutor, recordándole que el humano podía estar mejor acompañado que solo. Al mismo tiempo tenía la vocación suficiente como para mantener la fortaleza en los peores casos clínicos y no tirar nunca la toalla.

El día siguiente amaneció algo nublado. Era uno de esos días con un ambiente pesado que desanima a los sanos y agrava a los enfermos.

Jacob despertó y se sintió aún más extraño de lo habitual, como fuera de lugar. Rosa ya había entrado en la habitación e intentó decirle que encendiera la luz, que apenas podía ver, pero de su boca solo salieron algunos sonidos apenas comprensibles.

«No entiendo lo que digo, no puedo hablar. Quizá esté borracho. ¡Dios mío, quiero recuperar mi habla!» —pensó Jacob lleno de todo el pánico que, dada su situación general, podía sentir.

Justo en ese momento entró Hugh, aquel hombre de la cara simpática para Jacob.

—¿Cómo va mi amigo Jacob?

—Ho... la —apenas balbuceó Jacob intentando orientar su cabeza hacía Hugh esbozando una mueca de interés forzada después de unos segundos de trabajo. Intentaba torpemente disimular que no pasaba nada mientras un hilo de baba caía de la comisura de su boca.

Hugh, un hombre duro curtido en mil batallas, sintió escalofríos ante la escena hasta el punto de no poder evitar dar un paso atrás del horror. Jacob no podía haberse convertido en esto en apenas doce horas, prácticamente delante de sus ojos. Era lo que él había tardado en cenar y dormir hasta el día siguiente.

Rosa informó de urgencia a Vermot acerca de los evidentes daños en la zona del habla y los nervios motores. El fin se acercaba. El doctor apareció enseguida acompañado de un técnico asistente que portaba un carrito con multitud de aparatajes y cables. Conectaron cuidadosamente, pero sin pausa, sensores en varias regiones de la cabeza y el cuerpo de Jacob. El pobre paciente se dejaba hacer, ya que, aún con mirada extrañada, era consciente de su debilidad. En ese estado de rotunda confusión pensó que otros le protegerían, como de hecho así era.

El doctor miraba la información generada en tiempo real por los sensores en una tableta electrónica y los complementaba con los resultados de las pruebas de precisión que le habían hecho la semana anterior, previamente cargados en el sistema. Los sensores funcionaban en equipo formando una red que modelaba todo el sistema circulatorio, neurológico y metabólico del paciente. El software de nueva generación gestionaba un océano de información clínica con el que podría posicionar el estado de Jacob en comparación con decenas de millones de pacientes. Un algoritmo emitía conclusiones médicas en el acto.

El diagnóstico era aterrador: «demencia vascular terminal». Los análisis que respaldaban las conclusiones eran claros. Incapacitación del 99,8%. Tiempo de vida: 14,7 días. El *big data* no miente. La degeneración había empezado a afectar a los sistemas vitales en lo que, técnicamente, ya era el principio del fin de Jacob.

El doctor se mantuvo pensativo unos instantes. Jacob Stradley estaba esencialmente muerto. Salió al pasillo y se puso a caminar lentamente por la clínica hasta llegar a su despacho. Allí meditó dejándose llevar entre el deber y la compasión, amparado por el juramento hipocrático. Vermot había tomado una decisión sobre cuál sería el siguiente paso. Llamó al Instituto Nacional Neurológico de los Estados Unidos de América, pero sin el requerimiento previo que establecía el protocolo. Una voz firme contestó al otro lado del teléfono.

—Hola, Paul, ¿a qué debo esta llamada?

—Gordon, tengo al paciente que necesitamos. La enfermedad está completamente asentada. En dos semanas se nos habrá ido. Se va por el abismo en caída libre. Es el caso ideal para intentar la terapia Corken. Debemos hacerlo.

El director del Instituto escuchaba atentamente, mientras visualizaba en su monitor la información que el propio Vermot le estaba enviando. No le cupo ninguna duda. Respondió con una única pero radical palabra.

—Adelante.

Corken era un tratamiento múltiple desarrollado modularmente por cientos de profesionales biomédicos, aunque prácticamente ninguno tenía la visión orquestada del conjunto. Pretendía reparar y regenerar la salud original mediante una serie de pasos dados en estricto orden inverso a la enfermedad, hasta llegar al principio. Todavía era una terapia experimental, pero aunaba todo lo conocido sobre la regeneración cerebral. Aunque ya se había conseguido hacer funcionar a las piezas por separado, montar el puzle completo sería otra historia. El hecho de ser el primero en probarlo no aseguraba precisamente un feliz desenlace, pero en monos y minicerebros humanos generados en laboratorio había funcionado espectacularmente. Demasiado bueno para ser cierto.

En cualquier caso, no se perdía nada. Legalmente estaban respaldados por tratarse de un tratamiento compasivo para un paciente sin solución. Tenían a buen recaudo todos los informes para confirmar este hecho por si hubiera algún problema con las autoridades.

La base de la terapia la constituían pequeñísimas máquinas diseñadas por sus colaboradores especialistas en nanorrobótica. Éstas trabajaban en equipo y siguiendo un cuidadoso plan. Primero irían limpiando las placas proteicas depositadas en el cerebro, las células gliales muertas y los trombos que habían causado los microinfartos. Posteriormente, generarían nuevos vasos sanguíneos. Finalmente, desarrollarían el tejido neuronal en sí, mediante la liberación de moléculas neuroestimuladoras que además inducirían la formación de nuevas conexiones. Las máquinas irían depositando células madre y factores de crecimiento en lugares estratégicos. El algoritmo de inteligencia artificial que guiaba a las nanomáquinas como si fuera un director de orquesta, había sido entrenado con millones de cerebros saludables. Así se aseguraba que el nuevo mapeado neuronal fuera correcto y la estimulación la justa como para alcanzar el objetivo, pero con bajo riesgo de acentuar la locura o causar tumores. La ciencia había alcanzado la madurez en ese sentido.

Jacob era trasladado tres veces al día al quirófano. Allí recibía inyecciones locales en el propio cerebro o en el líquido cefalorraquídeo en la zona lumbar. Otras veces las inyecciones iban al torrente sanguíneo desde el brazo. Estimulación celular, estabilización, drenaje de residuos de células gliales... Todo era fuerte pero no más que la patología a la que se enfrentaban y que había convertido a Jacob en un pelele.

Tres semanas después, la resonancia confirmó la eliminación de la basura celular e indicaba regeneración vascular y neuronal. Todo iba técnicamente bien, pero solo técnicamente. La conciencia era algo mucho más complejo y Vermot sintió que estaba jugando, en cierta medida, a ser Dios, lo que le incomodaba sobremanera. Era un asunto peligroso que había sido devastadoramente castigado con el fracaso en intentos anteriores. Pero, ¡qué demonios! eran humanos luchando por otros humanos presa de la pandemia del siglo XXI: la degeneración cerebral, la pérdida de la conciencia, la muerte en vida de lo que somos.

Rosa se encontró con Vermot en el pasillo y le expresó sus preocupaciones.

—Sé que estáis probando cosas con él. Por favor, no le hagáis daño —por un momento pensó que no debía decir eso al doctor, pero no pudo contenerse.

—No te preocupes, Rosa. Aunque aún estamos probando, no parece dañino y, dadas las circunstancias, no hay nada que perder —contestó Vermot, consciente de la sensibilidad que Rosa había desarrollado hacia Jacob.

—Espero que sepáis lo que hacéis.

—Rosa, ha habido neurogénesis —no tenía por qué compartir esa información con la enfermera, pero quiso tranquilizarle.

—Pero no parece que haya mejora en su comportamiento.

—Hay que esperar un poco más. Su cerebro está más limpio y más poblado de neuronas, pero estas necesitan más tiempo para realizar conexiones. Confío en que no hayamos llegado demasiado tarde.

—¿Lo sabe su amigo Hugh?

—No. No queremos implicar a nadie más, al ser un protocolo experimental. Además, no es un familiar directo, por lo que su responsabilidad legal pertenece al estado, que nos la ha cedido a nosotros. Por cierto, hace ya un tiempo que no le veo.

Rosa se resignó. ¿Qué más podía hacer ella?

Pasaron varios días sin ningún tipo de novedad. La situación se había estancado dentro de una rutina circular: más ciclos de inyecciones, más monitorizaciones, más datos de las nanomaquinas que juraban y perjuraban que todo iba bien… Una mañana, Jacob despertó con la sensación de haber dormido durante siglos.

«Hay luz. Me gusta la luz. Hace un par de minutos aún estaba oscuro así que debe de estar amaneciendo. La puerta se abre. Es Rosa».

—Hola, Rosa. «Me mira. Se acerca a mí. Sus ojos están húmedos. ¿Qué le habrá pasado? No quiero que le pase nada malo».

—Jacob —dijo Rosa con voz entrecortada—, es la primera vez en tres meses que recuerdas mi nombre.

«Pero, ¿cómo es eso posible? Necesito sincerarme con ella», pensó Jacob incrédulo.

—¿Antes no te recordaba? ¿Qué me está pasando? No sé muy bien qué hago aquí, mi conciencia va y viene. Esto es confortable, no me entiendas mal. Ni siquiera sé muy bien quién eres. Solo sé que me haces mucho bien.

—Has estado unos meses muy enfermo.

Rosa accionó el botón de comunicación con el Dr. Vermot y éste se personó rápidamente. Al entrar, Jacob se acordaba vagamente de él, pero miró a su identificación en el bolsillo superior de la bata para asegurarse.

—Hola, Dr. Vermot. Quizá usted pueda explicarme qué hago aquí.

Vermot estaba a punto de explosionar de alegría, pero luchó para que nadie se diera cuenta de ello.

—Has pasado una mala época —el doctor no le explicaría su situación completa de momento.

—¿Te importa si te hago algunas preguntas?

—Por supuesto que no.

Vermot comenzó a formular cuestiones relacionadas con la lógica y la memoria. Jacob contestaba correctamente a alguna de las preguntas mientras que se mostraba bastante perdido con otras. Sin embargo, daba la sensación de ser una persona cuya mente de algún modo funcionaba.

—Jacob, has recordado lo que te he dicho hace cinco minutos. Antes no podías. Pero es demasiado pronto para sacar conclusiones, esperemos más —dijo con cautela el siempre correcto Dr. Vermot, ejerciendo a la perfección su papel de representante de la eficiente pero aséptica ciencia médica.

Sin embargo, Rosa sí que sonreía con satisfacción y esperanza mientras el doctor salía de la habitación.

Vermot hablaba con otros médicos de su equipo. En el ambiente se podía percibir la euforia que Vermot trataba de contener por todos los medios.

—Debemos recordar la terapia europea que consiguió mejoras rápidas en casos similares al de Jacob, pero exprimiendo el potencial neuronal que les quedaba a los pacientes antes de que éstos fallecieran súbitamente. Las autopsias demostraron que sus cerebros quedaron completamente exhaustos. Aprendimos mucho de ella — Vermot dibujó en su cara una expresión de pánico al recordar aquel hecho—. Pero gracias a ello, entendimos que la cura debe buscarse serenamente, desde el centro de la salud del paciente en lugar de forzar cambios rápidos espectaculares. No queremos agotar los pocos recursos del pobre enfermo, sino generar más recursos que se muestren por sí mismos.

Eso era justamente lo que estaban observando en Jacob, lo que contribuía a reducir el vértigo de quien sabe que tiene algo grande entre manos que acabará en un rotundo final: éxito o muerte.

Posteriormente, Vermot descolgó el teléfono y volvió a llamar al exclusivo número al que había llamado semanas antes sin pedir hora. Poco después colgó con, por fin, una sonrisa.

Al día siguiente, Jacob volvió a despertar consciente. Nunca había visto tantas flores en su habitación. Rosa la estaba ventilando en ese momento. Había luz por todas partes, como si el día tratara de unirse a una fiesta. Rosa le sirvió el desayuno y poco después se sentó a su lado. Empezó a contarle lo que había pasado en el mundo en los últimos dos años, el tiempo en el que la demencia vascular le había ido reduciendo: los cambios políticos, las enfermedades que ya podían curarse, los resultados deportivos... Jacob mostraba sorpresa frente a algunas de las novedades y asentía frente a otras. Una parte del futuro es predecible, otra parte no. Rosa intentaba recalcar las buenas noticias y suavizar las malas, aunque sin negar su existencia. Jacob se daba cuenta de ese modo de transmitir y le encantaba. Nunca había conocido a nadie como ella.

—Rosa, ¿por qué estás siempre de buen humor?

Rosa se acabó sincerando y contándole a Jacob la triste historia de su vida.

—Nada es tan malo aquí como fue en mi patria, El Salvador... Mi familia huyó de una guerra en mil novecientos ochenta y tres. Vimos morir niños, a nuestros vecinos... Nada es comparable a aquello, necesito recordarlo para apreciar mi vida actual. El buen humor es una responsabilidad, y algo que podemos escoger cultivar.

Rosa y Jacob empezaron a pasar así juntos horas y horas. Hablando, riéndose, mostrando sus sentimientos... Jacob sonreía y disfrutaba de la vida como no había disfrutado nunca. Rosa se había convertido en la pieza central del entorno en el que estaba creciendo de nuevo como persona. Tenía la sensación de que había llegado a un vergel después de haber atravesado el peor desierto posible. El desierto en el que no hay recuerdos.

Un día, justo antes de irse a dormir, el propio Dr. Vermot le dio algunos consejos.

—Jacob, descanse, hoy ha sido otro gran día, pero es esencial que duerma bien. Debe asentar lo aprendido, que ahora es mucho. Orgánicamente, gran parte de su cerebro es como el de un niño de ocho años conviviendo con el de una persona adulta.

—No hay nada más feliz que haber disfrutado de un día completo, algo tan rutinario para una persona normal. Porque el auténtico paraíso se encuentra en cuando uno puede reconocer su propia conciencia.

Ese tipo de frases dejaba boquiabiertos al personal sanitario. Alguien que había estado en el averno existencial amaba aquello que todos dábamos, erróneamente, por hecho.

—Jacob, estás viviendo un segundo amanecer después del que tuviste en tu niñez —respondió el Doctor, intentando responder al órdago filosófico lanzado por el resplandeciente y renacido Jacob—. Siéntate a observarlo y disfrútalo.

—Ojalá pudiera recordar todo. Me vienen a la mente muchos hechos de mi pasado, pero —y Jacob hizo una pausa intentando estructurar lo que iba a decir—, sigo sin tener claro lo que yo opinaba sobre ellos.

Para Vermot, Jacob se había convertido en un híbrido entre ser el sujeto de estudio del mayor éxito en su carrera médica y empezar a ser su amigo. Aunque tampoco tenía prisa por resolver ese dilema.

En las siguientes semanas, la combinación de terapia médica y conductual continuó dando grandes frutos. Nanomáquinas y Rosa habían unificado esfuerzos para, poco a poco, alcanzar avances impensables. Cada nuevo pensamiento, cada frase recordada, cada segundo de vigilia eran pequeñas victorias. Jacob unía en su memoria fragmentos de tiempo. Primero había sido una hora entera, luego una tarde, luego un día…

Hugh había espaciado sus visitas demasiado y daba la sensación de que, dada la ausencia de actividad mental de Jacob, ya se había retirado a esperar el fatal desenlace. Pero una vez constatado el avance médico del paciente, fue finalmente avisado sobre la novedosa situación.

Hugo entró en la habitación apresuradamente. Jacob le reconoció de inmediato y percibió que este estaba emocionado.

—Jacob, no me lo puedo creer ¡Dios mío, ya te daba por perdido! Menos mal que estaba equivocado.

—Y así tendría que haber sido, menos mal que existen los avances médicos. Al parecer, la tecnología salva, mi querido amigo.

Poco a poco empezaron a recordar viejas anécdotas. Desde luego que tenían mucho que recordar. Todo era un mar de carcajadas. Además, recordar detalles ayudaba a Jacob como parte de su proceso.

—Hugh, el mantenimiento funciona. Me encuentro bien. Se ocupan de que no vuelva a ocurrirme lo mismo. No fumo ni tomo café ni alcohol. Ni trasnocho ni ingiero cantidades masivas de azúcar, como cuando trabajábamos para hacer crecer nuestra empresa. Cuido lo que leo y cómo me relaciono con los demás.

Aprendo de todos. Busco un equilibro entre lo que siento y lo que pienso.

Hugh oía y miraba a Jacob como el que mira a un marciano. Se despidieron con un fuerte abrazo. Al cerrar la puerta de la habitación, Hugh se quedó pensativo, ¿cómo podía ser posible tal recuperación? Él mismo le había visto medio muerto. No acababa de estar confiado en lo que estaban haciendo esos médicos con su amigo. ¿Sería esa tecnología tan segura o estaría ese maldito Vermot intentando llegar demasiado lejos con el único fin de demostrar sus teorías?

A partir de entonces, Hugh acudía a diario a la clínica. Y eso colaboró en los progresos de Jacob, que empezó a recordar gran parte de su vida anterior. Era normal, había sido su mejor amigo durante décadas ¿Quién mejor para ayudar a reconstruir su historia? Pero el halo de preocupación en la mirada de Hugh no pasó desapercibido para Rosa. Era comprensible, los efectos de la terapia experimental eran aún muy recientes y había que confirmar que eran duraderos. Sería muy duro esperanzarse y luego ver a Jacob caer de nuevo.

Ambos ex-compañeros empezaron a salir de la habitación, a jugar al ajedrez y a dar largos paseos por los jardines externos de la clínica. Todo eran nuevos estímulos. Un buen día en el que Hugh acababa de llegar, le preguntó cuando ambos aún se encontraban en la habitación:

—Hugh… ¿quién es Ritchie?

—¿Qué Ritchie? ¡Ah, Richard Donfield! Sí, trabajó con nosotros hace ya algunos años.

—¿Cómo está él ahora?

—El pobre falleció, fue asesinado por unos rateros en un callejón.

Jacob sufrió algunos flashbacks y pensó: «Esa sonrisa de Hugh cada vez me parece más extraña. No puedo dejar de conectarla con algo. ¿Qué hay detrás? No me gusta».

Por un momento, Jacob luchó por aclarar sus recuerdos ya que sospechaba que podría estar sufriendo una paranoia derivada del tratamiento. Poco a poco, lo iba viendo todo más claro.

—Hugh, trabajábamos juntos con Ritchie, ¿verdad?

—Así era, Jacob.

Hugh se mostró taciturno e intentó reconducir la conversación por otros derroteros. Sin embargo, Jacob parecía focalizado en sus pensamientos y narrando las imágenes tal y como le llegaban.

—No éramos dos socios ¿verdad? Sino tres. Ritchie formaba parte de la empresa. Te veo trabajando en tu mesa. Eres agresivo, no como ahora. No sonríes. Yo estoy al otro lado. Yo también soy agresivo. Entiendo que soy yo, pero me cuesta reconocerme. No entiendo por qué estoy pensando lo que estoy pensando. Todo aparece y desaparece.

—Jacob, estás muy confundido. La medicación es muy fuerte. Debes dormir.

—Hugh, sé que era así. Ritchie dejó de trabajar con nosotros. Pero ¿por qué?

—Ya... fue una lástima, pero no merece la pena seguir hablando de ello. Volvamos a los momentos felices de nuestro éxito.

Sin embargo, el turbio puzle se iba aclarando en la mente de Jacob, ganando resolución, en un proceso en el que la imagen seria y agresiva de Hugh en el pasado era el catalizador necesario. Jacob necesitaba seguir incidiendo en el tema que se estaba revelando. Las neuronas que atesoraban esos recuerdos, empezaron a comunicarse con sus núcleos prefrontales de atención que atesoran la vigilia, asistidas por la actividad de las nanorrobots y bien nutridas por la nueva sangre que les llegaba a través de su recién estrenado sistema vascular.

—Ritchie era demasiado innovador y quería llevar la empresa por otro camino. No podíamos seguirle. Tarde o temprano nos hubiera dejado fuera. En comparación con él, estábamos obsoletos. Éramos material de desecho corporativo.

—Espera, Jacob, no te precipites. Ritchie era muy particular, pero le queríamos. A los dos nos dio mucha pena su final.

—No, Hugh, no nos dio pena. Ahora puedo verlo. Yo le sujetaba mientras tú le matabas. Los dos lo hicimos.

A Hugh le cambió el semblante y, con voz baja y pausada, confesó.

—Efectivamente, Jacob — admitió mientras le miraba a los ojos— los dos lo hicimos tal y como lo habíamos planeado.

Hugh tomó aire y, resignado, continuó hablando.

—Veo que ha llegado el momento para el que recé que nunca llegara, el momento en el que lo has recordado todo. No lo soltaste durante tu deterioro y ahora te acuerdas... y eso que estuve aquí todos los días vigilándote de cerca. No quería que apareciera la policía en mi apartamento porque le hubieras contado el asunto a algún enfermero en un ataque de idiotez de los tuyos, tal y como estabas.

—Y lo dejamos en aquel callejón tirado, en aquel barrio de delincuentes. Donde la policía dedujo que había sido asesinado para ser robado. ¿Cómo fuimos capaces, Hugh, puedes explicármelo?

—Fue triste pero ahora no importa. Asumo que podrás seguir guardando nuestro pequeño secreto. No querrás salir de este sanatorio bucólico para ir a la cárcel. ¿No sería irónico? Salir de una prisión para tu memoria para ir a parar a una prisión para tu cuerpo. Tú eres tan culpable como yo.

—Sí. Voy a denunciarte. Bueno, mejor dicho, a denunciarnos.

—¡Jacob, por Dios! Sin el dinero que ganamos gracias a que continuamos dirigiendo la empresa, no hubiéramos podido ingresarte en esta carísima residencia en la que te has encontrado con este maldito Dr. Vermot y su tratamiento del diablo. Si hubieras sido una buena persona, pero pobre, ya habrías muerto en uno de esos piojosos hogares sociales, ¡no seas ignorante! Debes guardar silencio. Por ambos.

Hugh hablaba ferozmente, pero intentando no gritar para no ser oído en las habitaciones contiguas.

Jacob pensó que, sin duda, quedarse callado era lo más práctico. Pero Rosa no dejaba de aparecer en su mente. Ella le había hecho ver otro camino en la vida. Definitivamente, sucumbir al chantaje de Hugh no era el camino a seguir.

—Hugh, no podemos seguir así. Tenemos que entregarnos. Se lo debemos a Ritchie.

—No destapes algo que estaba tranquilamente enterrado. Ya estaba hablado en tu otra vida. Los dos forjamos un negocio desde la nada. No seas tan débil como para destruirlo todo.

Jacob miró a Hugh firmemente dándole a entender que no cedería. Hugh bajó la mirada resoplando, para subirla inmediatamente. Miró al techo, pensando en cuál sería su próximo movimiento, y luego directamente a los ojos de Jacob.

—Bueno, no puedo dejar de reconocer que en el fondo quizá tengas razón. Puede que sea el momento de cerrar ese capítulo, aunque nos perjudique —reconoció finalmente Hugh.

Hugh hizo ademán de darse la vuelta, pero, rápidamente, cogió una de las almohadas y, sujetándola con las dos manos, la puso sobre la cara de Jacob. Éste aún no había recuperado todas sus facultades físicas por lo que era presa fácil. Hugh había planeado esa opción como plan de pánico si Jacob hubiera empezado a desvariar sobre el tema en cuestión en el pasado, pero el giro de los acontecimientos le llevó a acelerar el desenlace. Nadie sabía realmente los efectos secundarios de una nueva medicación. Ningún forense podría pues demostrar la existencia de un asesinato y todo quedaría como una mera muerte súbita.

Jacob apenas había empezado a retorcerse cuando Rosa y dos forzudos celadores aparecieron por la puerta, neutralizando inmediatamente a Hugh y liberando a Jacob, que pudo recuperar el resuello poco después. Hugh ignoraba que Jacob estaba estrictamente monitorizado por las nanomáquinas y que éstas avisaron de inmediato al personal médico de sus alteraciones en la tensión arterial, ritmo cardíaco y ritmo respiratorio derivadas del ataque.

Hugh no paraba de lanzar maldiciones, inmovilizado en el suelo por los acompañantes de Rosa.

—¡Maldito seas, Jacob, solo tenías que haber continuado pudriéndote dentro del pozo de tu olvido y haber muerto sin recordar nada!

Rosa se quedó hablando con Jacob un buen rato para poder tranquilizarle. Poco después, un hombre impecablemente trajeado con dos policías de uniforme irrumpió en la habitación.

—¿Jacob Stradley?

—Sí.

—Soy el inspector Strahan, de la policía de Wisconsin. Queda usted arrestado como cómplice de Hugh Wellches, por el asesinato de Richard Donfield. Tiene derecho a permanecer en silencio…

Jacob cortó en seco el manido discurso policial.

—Ya he permanecido demasiado tiempo en silencio —respondió tranquilamente Jacob asumiendo su culpabilidad—. Acabemos ya con esto.

Pasaron los días y el caso pasó desapercibido para el gran público quedándose en una mera curiosidad local. Aunque poco a poco, analistas de diversos periódicos fueron engordando el asunto. La situación en el fondo tenía miga y ésta iba creciendo como una bola de nieve. Era un tema para la polémica y eso generaba visitas y comentarios en las redes, el material del que se nutría la nueva prensa. La respuesta de cada «opinólogo» al anterior en su editorial o mediante periodismo de investigación sobre la noticia, llamaba a otro con más lectores hasta implicar a prácticamente toda la nación norteamericana tan tendente al espectáculo morboso.

La defensa de Jacob se había ido pertrechando con toda la pila de información que pudo. Se trataba de salvar las conciencias de millones de personas. El propio colegio de médicos se había personado en dicha defensa en auxilio de Vermot, uno de sus miembros más prometedores. Para ello movilizó a sus mejores abogados sanitarios, que no era poco. Aunque no todo era altruismo. Una terapia exitosa frente a la gran pandemia del futuro, la neurodegeneración, atraería gigantescas inversiones al sector, por lo que no interesaba que el asunto se tornara peligroso para los futuros pacientes. Necesitaban demostrar que la persona nacía de nuevo en gran medida y que su potencial maldad quedaría extinta una vez reconducida con los estímulos conductuales adecuados.

En su contra, la fiscalía del estado no estaba precisamente dispuesta a ir despertando grandes villanos que, aun cuando en una baja proporción dentro de la población general, hubieran quedado anulados como delincuentes por la propia atrofia de su biología cerebral. Y la prueba más fehaciente de lo seriamente que se tomó el caso fue la elección del fiscal del juicio: el incómodo y nunca deseado Peter Tardelli: católico descendiente de italianos, ciencia-escéptico y cuasi-terraplanista. Era prácticamente una reminiscencia de la inquisición del siglo XVI con traje y corbata. En su conjunto, el juicio prometía un choque de trenes entre dos de los grupos de influencia más poderosos del país: el médico y el político-religioso. Naturalmente, todo ello encantaba a la audiencia, tan hambrienta de combates tipo lucha libre, pero elevado a la categoría de gran realidad. Los medios de comunicación sabían que ellos mismos sí tenían todas las de ganar, fuera cual fuera el fallo del jurado, y se frotaban las manos hasta casi desgastárselas de puro placer monetario.

Tras millones de posts, tweets, comentarios, réplicas y (por supuesto) insultos en la red, en los que todo el mundo parecía disponer de conocimientos neuronales y legales admirables, el día del juicio finalmente llegó. Dada la magnitud legal y social de la contienda, se designó a un juez reconocido y respetado por todos los estamentos. Se trataba de un añoso jurista cercano a la retirada. Sin embargo, su lenguaje corporal ante los medios de comunicación transmitió inicialmente malestar, seguramente por haberse dejado meter en semejante embolado. Esta asignación sorpresa le daba cien patadas ya que él ya se veía jubilado y pescando plácidamente en el lago Michigan.

La defensa comenzó llamando a Rosa, quien naturalmente defendió a Jacob todo lo que pudo. Expuso todo el proceso curativo antes y después de la gran terapia, y toda la bondad que le transmitió independientemente de lo que pasara antes de su enfermedad. A Tardelli no le tembló el pulso —pocas cosas lo hacían salvo la mención al maligno— para acusarla destructivamente de sesgo inaceptable a favor del acusado debido a su afecto personal. Aunque Rosa intentó anteceder su larga visión de gran profesional sanitaria, el fiscal tuvo la suficiente habilidad como para anular toda su declaración, la de la persona que más conocía al actual Jacob.

La acusación llamó entonces a Hugh como testigo a declarar sobre Jacob. Hugh ya era carne de penitenciaría, pero el fiscal no se había caído de un guindo en estas lides. Tardelli quería exprimir al máximo el cartucho de la venganza entre acusados para obtener jugosos testimonios de éste mediante las preguntas adecuadas y optar así al premio absoluto de la doble declaración de culpabilidad. Ya masacraría a placer a Hugh, a su debido momento, cuando le llegara su turno como acusado. Efectivamente, Hugh volcó sobre Jacob la completa responsabilidad del crimen usando todo tipo de oscura información. Le acusó hasta la saciedad de ser un ente perverso, el instigador total del asesinato y de haberle manipulado maquiavélicamente para quedarse con la empresa. Recitó con aire literal numerosas conversaciones que habían mantenido ambos en el pasado, quimeras mitad verdad mitad mentira, inflamadamente alteradas para reforzar su coartada de hombre débil. Puede que Jacob no hubiera sido un santo, pero Hugh estaba claramente inventando una realidad alternativa como último intento de ser acusado de simple cómplice y no de autor material e intelectual.

Fue un teatro tan obvio que hasta Tardelli intentó varias veces reducir el tono de Hugh sin conseguirlo. A la defensa no le costó anular en la práctica toda su declaración. Nada encajaba ni con su personalidad ni con su *modus operandi* durante el tiempo convaleciente de Jacob, que no era sino el de proteger su implicación directa en el asesinato. Hasta ahora, la contienda entre fiscalía y defensa se limitaba al sacrificio de dos de las principales piezas del juego encarnadas en Rosa y Hugh, por lo que la partida continuaba en tablas.

La defensa dio un giro hacia la parte técnica llamando al Dr. Vermot. Los beneficios de la terapia eran observables, medibles y evidentes por cualquiera que hubiera conocido a Jacob en su fantasmal declive. La rápida confesión de Jacob del crimen y su colaboración máxima con la justicia decían mucho a su favor. Criminales anteriores podían reconvertirse igualmente en ciudadanos modelo que generaran gran riqueza para el país. Vermot expuso con gran detalle científico por qué la terapia era un éxito. Él era un excelente médico, pero no era el mejor divulgador del mundo. Tardelli olió la sangre por ahí. Y mordió.

—¿Podría detallarnos el proceso terapéutico de un modo entendible para el jurado y yo mismo?, en cristiano —y no era una forma de hablar—, por favor.

Vermot rebajó considerablemente la complejidad de sus argumentos y consiguió transmitir su idea a gran parte del público, que estuvo de acuerdo en que se trataba de un logro sin precedentes. Aunque no para otros muchos, entre los que se incluía Tardelli.

—¿Calificaría la aparente recuperación del señor Stradley como un éxito profesional o personal? —le inquirió el fiscal de origen italiano.

Vermot permaneció unos segundos en silencio ordenando sus ideas. Era el mayor éxito de su carrera científica, por la que había sacrificado todo, pero también estaba orgulloso de haber ayudado a alguien.

—Ambos, señor.

Tardelli se vistió de ofensa y teatralidad de un modo casi Shakesperiano, y con voz impostada replicó:

—¿Lo ve, señoría? Los que amamos al ser humano no hubiésemos tardado ni una fracción de segundo en decir: «¡personal!», bien alto. Lo que ha hecho este hombre es pura masturbación científica al servicio del engorde de su ego. El pueblo americano debe defenderse de estos falsos profetas del conocimiento que tratan de esquilmar sus esperanzas y sus cuentas corrientes, que dejarán de pasar a sus herederos o al erario público. Estos delincuentes aprovechan el resquicio legal del «tratamiento compasivo» en desahuciados para sus siniestros manejos. Es todo por mi parte, señoría.

Tardelli había hilado fino en la dialéctica para acabar haciendo un llamamiento a lo más sensible del pueblo americano: su patrimonio. Y, total, la gente debía morir cuando era llamada por el Señor y no deberíamos interponernos. Además, no debíamos perturbar el libre albedrío natural con inyecciones de células madre y distintas invenciones. Para juez, tribunal y audiencia, la cosa estaba yendo quizá demasiado lejos.

El fiscal se guardaba aún la mejor de sus balas, para el que sería su gran golpe final. Y la liberó en ese momento, el adecuado, cuando la defensa más flaqueaba: el hijo del mismísimo Richard Donfield. El chico, de apenas 17 años, había pasado toda su vida pensando que su padre había sido víctima de una chusma callejera y resultó que los culpables habían sido sus compañeros de trabajo, sus propios amigos. Toda su declaración fue entre lágrimas. Claramente, el chaval no era una persona recuperada de la muerte de su padre, y mucho menos del recientísimo impacto recibido tras conocer los hechos reales. En realidad, éste no aportó ningún dato nuevo, pero ése no era el objetivo del fiscal sino el de elevar el ecualizador moral de la culpabilidad para ambos acusados. Al apelar tan activamente a las emociones, la opinión pública —quizá con más poder que el jurado y el propio juez— dictaría sentencia. Esto desbalanceó aún más el equilibrio contra Jacob. A fin de cuentas, había sido un asesinato a sangre fría y eso en la sociedad americana no era baladí, por mucho que la terapia lo hubiera cambiado. Sí, era otro, pero ¿hasta qué punto?, se preguntaba todo el país. Del lado neurocientífico se disponía de buenos informes técnicos, pero el intelecto no llamaba tanto a la masa como la emoción. Jacob había sido y era aún un asesino. Tardelli se relamió de gusto por dentro, el juicio estaba donde él quería.

Pero aún quedaba un último testimonio. La defensa llamó al profesor Gordon T. Hammerschmidt, Presidente de la Asociación Nacional Americana de Neurología y mentor del Dr. Vermot. Hammerschmidt había obtenido el premio Nobel cinco años antes. Todos ignoraban que él había sido consultado varias veces para

111

refinar el tratamiento, del que estaba totalmente al corriente. Vermot era un genio de la técnica médica, pero Hammerschmidt era además un filósofo, adecuado para respaldar la importancia de los grandes avances tecnológicos sobre el peso de lo humano. El profesor llenó de presencia el estrado y de vacuidad al fiscal, que no esperaba a un gigante de dimensiones tales que no podía derribar.

Todas las objeciones de fiscal con este testigo fueran banales y fallidas. Incidió además en el sectarismo de Tardelli, al que afeó que no tuviera en realidad nada personal en contra de Jacob sino del avance médico, el mismo avance que había permitido que la mitad de los asistentes ese día al juicio se encontraran vivos.

El juez quedó impresionado ante una figura de tal magnitud y asintió. Por primera vez tuvo la sensación de que alguien ponía cordura sobre el tema. Los Estados Unidos de América eran lo que eran en parte gracias al avance tecnológico que les había puesto en cabeza de la civilización, y no podían dar la espalda a tal desarrollo tan gratuitamente. El juez tomó el mando de la conversación.

—¿Está usted diciendo que Jacob Stradley es ahora otra persona y no la que cometió el asesinato?

—Literalmente.

—Profesor Hammerschmidt, debo confesarle que no creía demasiado los argumentos previamente expuestos por el Dr. Vermot, pero después de escucharle me ha hecho dudar de nuevo —replicó el juez.

Biblia, constitución y tecnología. Esos eran los tres pilares sobre los que los Estados Unidos de América se habían apoyado para ser la nación más importante del mundo. En consecuencia, el pleito volvía al punto de partida. El juez volvió a fruncir el gesto asimilando que sus días de pesca volverían a retrasarse. Confió en que los mejores peces le esperarían y volvió a tomar la palabra:

—Necesito pensarlo. Establezco una pausa de una hora —y golpeó con firmeza con el martillo.

Miembros de la fiscalía negaron con la cabeza gacha sintiendo que se habían equivocado. La defensa había encontrado una fisura en el fanatismo de Tardelli y, usando la destreza de Hammerschmidt, le había destruido.

El veredicto, no obstante, seguía estando en el aire. Los argumentos habían sido golpes de boxeador directos al mentón, desprovistos de toda sutileza. No fue lo que el americano moderado hubiera deseado escuchar sino lo que los grupos de presión y extremistas (y medios de comunicación) querían. Tanto la fiscalía como la defensa no habían parado de protestar y anular estrategias y, aunque poco llegó realmente a constar en acta, estaba claro que absolutamente todo había impactado en el criterio de cada oyente.

Pasada la pausa, el juez apareció en la sala. Aunque al principio del juicio se le veía incómodo por el carácter circense del caso, poco a poco había ido recomponiendo su postura y empezaba a disfrutar de verse poderoso. Con voz firme se dirigió a la sala:

—Determino que Hugh Wellches sea juzgado por un tribunal popular, como un caso estándar de homicidio. Sin embargo, me temo que en el caso de Jacob Stradley existe un serio problema de base. No podemos juzgar a alguien cuyo tejido neuronal culpable, por decirlo de algún modo, ya ha fallecido. Por ello, declaro al sistema judicial «inhábil» para decidir sobre Jacob y nombro a un comité externo de expertos en neurología, psicología y derecho seleccionados de la Universidad de Harvard, el MIT, Yale y Stanford.

El juez prosiguió con la descripción de las condiciones a seguir. Por primera vez en sus cuarenta años de carrera se sentía creador.

—Estos expertos tendrán dos semanas para ponerse de acuerdo. En sus manos recae la responsabilidad de sentar un precedente sobre futuros casos de regeneración neuronal. Espero que Dios les guíe en este camino tan difícil.

El juez invocaba a lo mejor del planeta. Semejante selección estaba justificada. Además, todas las entidades convocadas se entusiasmaron con la idea de que algunos de sus miembros participaran en el asunto. Dejarlas fuera de este juicio hubiera sido dejarlas fuera de la construcción del futuro tecnológico de Occidente.

Y ellos lo sabían. Inacabables discusiones, contraste de datos e implicaciones sociales les esperaban. Dado el éxito del tratamiento obtenido con Jacob, era de esperar que una multitud de pacientes neurológicamente reconstruidos viniera en camino. Muchos de ellos tendrían antecedentes penales heredados de su vida previa y sus actos necesitarían ser juzgados de nuevo aplicando engranajes legales que simplemente no existían. Las leyes que estaban a punto de sustanciar no debían ser solo justas sino también asumibles por la sociedad y la economía en un monumental encaje de bolillos.

Tampoco retrasar la legislación era una opción. Una vez publicitada a cuatro voces la existencia del tratamiento, los familiares de afectados que murieran a la espera de ser tratados denunciarían el daño por omisión de auxilio. El juez presionó intencionalmente hacia una pronta solución por ese motivo.

El curso del caso había acabado de incendiar a la opinión pública mundial, alcanzando incluso a los individuos tecnológicamente aislados más recalcitrantes a enterarse de cualquier tipo de actualidad. Los argumentos más peregrinos, sesgados e infundados posibles de lo que debía hacerse con Jacob siguieron circulando por las redes, emitidos desde miles de anónimas atalayas de autoproclamada sabiduría. Realmente, no había una opinión consensuada sobre el tema.

Ya había sido ampliamente demostrado que el pensamiento, aún como elemento etéreo, se sustentaba en última instancia en el tejido neuronal físico. Pero, ¿hasta qué punto era otro tejido? ¿Acaso Jacob no había dejado de recordar gran parte de su vida pasada? Sin embargo, los núcleos importantes del cerebro que maquinaron en concreto la decisión de matar de Jacob habían prácticamente muerto y sido reconstruidos durante el tratamiento. Los abogados y científicos contratados por el colegio de médicos presentaron al comité todos los informes, radiografías y resonancias pertinentes que lo demostraban fehacientemente. No eran artificios ni circunloquios científicos.

Finalmente, los expertos alcanzaron un acuerdo. No podían equivocarse porque afectaría a muchos en el futuro de un modo u otro. Era un caso enorme y extraño que sentaría cátedra.

El veredicto fue anunciado para el jueves a las doce del mediodía. Se personaron unidades móviles de todas las cadenas televisivas y radiofónicas conocidas. Masas de curiosos se agolpaban en los alrededores. La sensación de que la ley y el futuro se fusionaban en este día, que nadie olvidaría, generó un efecto llamada abrumador. Con extrema puntualidad, el juez apareció en la sala con un grueso fardo de documentos. Este caso sobrepasaba a cualquiera, así que quiso respaldarse visualmente con la tenencia de una cantidad de información masiva para dar a entender que su decisión estaba fundamentada en el conocimiento y no en opiniones sesgadas.

Se acercó al micrófono con aura de Semidiós y comenzó a dirigirse a la nación.

—Buenos días. Todos ustedes conocen el vacío legal acerca del caso que nos atañe. Para tomar una decisión, me he basado en el informe emitido por un comité multidisciplinar de expertos de nuestros mejores organismos —, e hizo una breve pausa.

No se escuchaba ni un alma salvo los ecos decrecientes de la voz del juez generados por la reverberación de la sala, dándole un aire de acto místico a su discurso.

—Antes quiero recalcar que el veredicto es únicamente aplicable al caso particular del Estado contra Jacob Stradley y que todo caso similar futuro deberá ser evaluado desde cero.

El juez dejaba así notar que había recibido presiones desde arriba para que cada caso fuera estudiado concienzudamente. Una nueva especialización para abogados consistente en asesoría legal neurológica para nuevos recuperados estaba naciendo.

—Como decía, basándome en las conclusiones del comité de expertos designado y en las mías propias, determino que Jacob Stradley es…

La audiencia llegó a un pico de curiosidad. Algo cambiaría para siempre.

—No culpable del asesinato de Richard Donfield.

Se escucharon algunos gritos de alivio y aplausos, pero en ningún caso fueron generalizados. Fue más bien un gigante murmullo. Era como si todos los oyentes estuvieran reordenando y contrastando su pensamiento respecto al mundo que se les venía encima. Además, la mentalidad americana no perdona tan fácilmente a un asesino. Y Jacob, de uno u otro modo, lo era.

El juez pidió orden en la sala y explicó su veredicto.

—Entiendo que los datos clínicos objetivos sostienen que el Jacob Stradley actual, al cual hemos juzgado en las semanas pasadas, no habría tomado la decisión de asesinar al señor Donfield y que, por lo tanto, ya no constituye una amenaza para la sociedad.

Y recordó a la audiencia que el veredicto para Hugh Wellches se había retrasado para hacer coincidir a ambos.

—Respecto al juicio del Estado contra Hugh Wellches, el jurado ha determinado que este es… culpable de asesinato en primer grado de Richard Donfield y le condeno a cadena perpetua.

Hugh había esquivado por poco la silla eléctrica, pero daba igual. Moriría en prisión. Su culpabilidad no fue ninguna sorpresa. Hugh fue conducido esposado por los policías que le escoltaban hacia afuera de la sala. Antes de salir, este miró a los ojos de Jacob con un tremendo odio que rápidamente cambió en extrañeza. Algo había observado en la mirada de Jacob que pensó no volvería a ver una vez se inició la enfermedad.

Ya habían pasado tres meses desde el juicio. La magnitud de la vorágine mediática había ido reduciéndose hasta quedarse en un estado crónico manejable por los protagonistas. El asunto juzgado ya era, pues, parte del día a día americano. Jacob y Rosa habían iniciado una serena relación que implicaba disfrutar de la vida. Se encontraban en una playa californiana, en un hotel de lujo con cierto ambiente exótico latino.

—Rosa, tú ya eres parte de mí. La persona que soy ahora creció usándote como modelo. Como un nuevo camino...

Rosa sonrió a Jacob y le besó en la mejilla. Luego se fue a cambiar de ropa para bajar a cenar al restaurante que se encontraba al lado del embarcadero.

Jacob se quedó mirando al mar también sonriendo. Aunque había otra razón para ello. Efectivamente, Jacob era otra persona tras su segundo amanecer, pero el proceso no había sido completo. Al menos no tanto como los médicos creyeron. Algo falló en la estimación de los resultados científicos. Porque tan pronto como recordó el asesinato de Ritchie, también recordó que su plan incluía librarse de Hugh envenenándole. Ya había comprado todo lo necesario y urdido todos los detalles del plan cuando empezó a manifestarse su enfermedad. Al ir haciéndose ésta más patente, decidió que no estaba en condiciones de ejecutarlo. Sabía que Hugh intentaría algo, pero ahora tenía la coartada perfecta. Jacob sabía que había alarmas asociadas a su latido cardíaco y lo rápido que vendrían a rescatarle de su asesino en tentativa. Hugh no tendría ni una oportunidad de éxito ni de huir. Era la continuación del plan 2.0. Hugh jamás saldría vivo de la cárcel, así que obtendría lo que él quería y además a fuego lento, para su mayor placer. Todo fue sobre ruedas durante el juicio y el veredicto fue perfecto.

Al final iba a retomar la empresa en solitario, curiosamente, según sus planes iniciales ¡Qué modo más rocambolesco de cumplirlos! Tras un asesinato, una enfermedad mental terminal y la condena perpetua de su cómplice, Jacob llegaba a su destino. Él había ocultado este pensamiento hasta ahora. Estaba mal, claro, pero «aquel detalle nunca se lo preguntaron en el juicio» como se decía a sí mismo en un burdo intento de autoengaño de ser buena persona, que hasta él se tomaba a broma.

Sin duda, él se había convertido en otra persona. Aunque sospechó que a partir de ahora tendría que negociar cada decisión de su vida con su malévolo hermano siamés mental, su antiguo yo, más inclinado hacia los caminos criminales. Todo consistía en conocerle para anticiparse a él. Sólo el futuro decidiría quién sería el dominante, por lo que tendría que seguir bien rodeado para reforzar su «nuevo yo», el que más le gustaba de los dos. Y recordó los turbios terrenos que atravesamos para decidir quién queremos ser.

Jacob meditó sobre si los pensamientos pueden mantenerse por un número casi indetectable de neuronas viables o si, alternativamente, estos están realmente al 100% en las zonas del cerebro en las que se cree que residen. Quién sabe… Ya confesaría por carta todo lo que él sentía en profundidad. Eso sí, póstumamente y a través de un notario. Además, ya veía llegar a Rosa, con la que tenía toda una vida por delante. Jacob había hecho las paces con su memoria y ahora disfrutaba de su presente. La lección que había extraído es que eso era justo lo que en el fondo importaba. Al fin y al cabo, ¿quién era él para contradecir a los científicos? Bueno, a todos menos al gran Hammerschmidt, quien le guiñó un ojo a la salida del juicio.

Printed in Great Britain
by Amazon

46625167R00073